竜の涙

ばんざい屋の夜

柴田よしき

祥伝社文庫

目次

竜の涙

1

「それじゃ、また参りますので、よろしくご検討ください」

男は丁寧《ていねい》に頭を下げると、黒いビジネスケースを手に店を出て行った。女将《おかみ》は男を戸口までおくるのはやめ、カウンターの中から一礼してその背中を見送った。その男のせいではないとわかってはいても、心が波立って気持ちが苛《いら》つくのはどうしようもない。絞《しぼ》った布巾《ふきん》で、白木のカウンターをこする。ついさっき、そこに置かれていたモバイルパソコンの画面がまだ、目の中でちらちらする気がした。

時の流れには逆《さか》らいようがない。女将は、諦《あきら》め半分に溜《た》め息を吐き出した。

その小さな店が間借りしているビルは、戦後まもなくして焼け跡の中に建てられた古いもので、それなりに趣《おもむき》はあったけれど、いずれ建て替えの話になるのは最初からわかっていた。しかも場所は東京の丸《まる》の内《うち》。はずれとは言え、都心も都心、地価から考えても、古びた雑居ビルが、いつまでもそのままそっとしておいて貰《もら》えるはずはない。

東京駅の改築計画については、店を開いた時から説明を受けていた。それにともなって、丸の内は再開発され、高層ビルが一挙に建てられる予定とも聞いていた。そして、丸の内のシンボルであった丸ビルが建て替えられた。周辺の建物はどんどん売却され、再開発事業を請け負《う》った巨大企業に買い上げられた。その波が、ついにこの店の戸口を洗ったのだ。

ビルの持ち主からは書類が届いていた。売却予定先の巨大企業の担当者が近日中に訪問するだろうとも書かれてあった。そして、あの男はパソコンを手に、やって来た。

選択肢《し》は二つある。相応《の》の立ち退き料を受け取って店を閉めるか、または、巨額な賃貸料を覚悟の上で、新しいビルにテナントとして入るか。後者の選択は、だが、現実的に不可能だ。立ち退き料のかわりに入居時の保証金は免除されると説明されたが、予定賃貸料の額は、どう考えても、この小さな店の利益で払いきれるものではなかった。それに、あの男自身、後者の選択はおすすめできませんよ、という口振りだ。飲食店は新しい商業ビルにとって、客を吸い寄せる目玉となる。素人《しろうと》の女がひとりで切り盛りしているような、目新しくもなんともない小料理屋など、最初からお呼びではないのだろう。第一、ぎりぎり賃貸料が払えるような商売に変えようと思ったら、カウンターの他に椅子《いす》席を五、六席は増やさなくてはならず、とてもひとりではやっていかれない。人を雇い、調理人も雇ってまで店を続けていけるほど、商売に身を入れるつもりははなからない。女将が愛しているのは、自分ひとりでゆっくりと好きなものを料理し、それを家族に供するように優しく客に出せる、そんなこの店の存在なのだ。

つまり、店を閉めるしかないのよね。

女将は、布巾を洗いながら、ふっと笑った。

立ち退き料は貰えたとしても、この丸の内やその周辺で新しい店を開くのはたぶん、無理だろう。店を開いた頃はバブルがはじけたあとの大不況の底で、都内の地価もまだ下落を続け、テナントの賃貸料は値下げ競争のようになっている時だった。しかもこの店は、前の店からほとんど居抜きで権利を買い取り、賃貸契約もそのまま継続させて貰えたので、破格といっていい資金で開店できた。その開店資金すら、縁と恩のあった人からの借金でまかない、その借金をようやっと返し終えたところで、貯金などほとんどない。銀行はおそらく、こんなちっぽけでありふれた店の為に融資してはくれない。立ち退き料の範囲でもう一度店を開けるとしたら、せいぜい、郊外の、急行も停車しない駅周辺あたりだろうか。仕事帰りにふらっと寄れるこんな店は、そうした郊外の駅前には向かないだろうし。

男の話だと、ビルの立ち退き期限は一年先、工事の開始が遅れるとしてもあと一年半後にはこのビルは解体されてしまう。つまり、この店はあと一年でおしまい。

そう思った途端《とたん》、感じていた苛立《いらだ》ちがすっと消えた。肩が軽い。女将は、鼻歌を歌いながらカウンターの拭《ふ》き掃除を終えた。

また、転機が来たのだ。そう思う。

これまでの人生にいくつも訪れ、去っていった転機。そのたびにくるくると全身を竜巻のような風にまかせ、翻弄《ほんろう》され、それでも死ぬことはできずに生き続けて、今ここに、こうして立っている。

また風が吹いた。それだけのことだ。少なくとも今度の風は、竜巻ではないと思う。一年かけてものごとを考え、選ぶことができる。無理をせずにできる範囲でまた店をどこかに持つか、それとも、いっそこの仕事から離れて別の人生を歩くことにするか。

ひとつだけわかっていること、それは、今度は自分ひとりで風に向かわなくていい、それだけ。

女将は、ささやかな幸せを感じた。

今度はひとりじゃない。

ひとりじゃないもの。

2

「ばんざい屋？」

川上有美《かわかみゆうみ》は、進藤《しんどう》の言葉を聞き違えたのかと思って繰り返した。

「そう、ばんざい屋」

進藤淳史《あつし》は真面目《まじめ》な声のままだ。

「なにそれ、店に入ったら店員さんが万歳《ばんざい》してくれる、とか？」

「ああ」

淳史はやっと笑った。

「そのばんざい、じゃないんだよ。おばんざい、の、ばんざい。ほら、京都でさ、家庭で作るお総菜《そうざい》のこと、おばんざい、って言うの、知ってるでしょ？」

「なんだ、そっちか。じゃ、京料理なのね。あたし、京料理ってちょっと苦手なのよ。あれってさ、なんか味がついてんだかついてないんだかはっきりしなくて、食べるとかえってお腹へっちゃうんだもん」

「おばんざいはそんなに薄味じゃないんだよ。懐石料理とかは、ほら、ご飯が最後に出て来るだろ。だからご飯のいらない薄味がおいしいんだけど、おばんざいは家庭のおかずだから、ご飯と食べておいしい味にしないとならない。だから懐石料理みたいに薄味にはしないんだって。ご飯に合う味だから、日本酒にも合うんだよ」

「そうなの？」

「そうさ。日本酒も米から作るんだもの。それにおばんざいの味付けの基本は、薄口醤油《しょうゆ》と味醂《みりん》だろ。味醂だって米からできてるんだから、味の相性がいいんだよ」

「淳史って、グルメぶってるの好きだねぇ」

「グルメぶってるわけじゃないよ。ただ、けっこう美味《うま》くて安い店だったからさ、有美もいっしょにどうかな、と思って」

「食べたか食べてないかわかんないような、寝ぼけた味じゃないならいいよ、行っても」

「わりと美味いよ。どかんと肉が出たりはしないけど、カウンターでさ、目の前に大皿が並べてあって、その上にいろいろおかずが盛ってあるんだ。そこから好きなの選べるから、楽しいよ」

「肉、ないのか。あたしさあ、ご飯食べるなら肉がどかんとないといやなんだよねえ」

「そんなこと言ってるから、社内健康診断で再検査なんか出ちゃうんだよ」

「ほっといてよ、あたしのからだのことなんだから。淳史こそ、グルメぶってばかりいるから、最近、下っ腹出てんじゃん」

「げっ、出てる？　オレ」

「出てるね。横向くと一発。ニットとか着ない方がいいかも」

「傷つくなぁ」

「でもほんとのことだもん。こういうことは誰かに言われないと自覚しないんだから、言ってくれるあたしに感謝しなさいよ」

「どういう理屈だよ。でもまあいいや、じゃ、七時にいつものスタバでどう？」

「ちょこっと残業あるからなあ、八時くらいになっちゃうかも」

「いいよ、待ってる。あ、どかんとステーキ、とか言われたらないと思うけど、豚の角煮とか牛すじの煮込みとか、肉もあると思うよ、なんか」

「なんかビンボーくせぇ」

「すじ肉ってのはコラーゲンいっぱいで、美容にいいんだぜ」

「そんなもの食べなくても、あたしゃ充分、美貌ざんす。じゃ、もう切るよ。仕事中にケータイなんかでいつまでもくっちゃべってたら、また斎藤《さいとう》に目をつけられるから」

　有美は携帯電話をスラックスのポケットにしまい、指に挟んでいた煙草をもう一服してから携帯灰皿に突っ込んだ。

社内が全社禁煙になって三ヶ月、喫煙が認められているのは各フロアのはずれにある狭いバルコニーだけで、もちろん屋外なので雨も風も吹きつける。しかも有美の部署は十四階、今日のように寒さがいちだんと厳しい曇り空の日は、煙草一本吸うのにロッカーからダウンジャケットを引っ張り出して着込まないとならない。

まったくアタマに来る。何が健康診断だ、何がメタボだ、何がエコだ！

喫煙者を会社の中から閉め出して、こんな吹きっさらしに追いやるなんて、こんなの差別だと思う。全社禁煙の発表があった時、有美は総務部に電話して抗議した。が、会社の方針だと一蹴《いっしゅう》された。しかも、もっとアタマに来たことに、三ヶ月前は有美と一緒に文句を言っていたヘビースモーカーたちがひとり抜けふたり抜け、このバルコニーから姿を消した。なんとみんな、社内医務室に新設された禁煙相談室に通い、禁煙治療を受け始めたのだ。どういうわけか、喫煙者でバルコニーに残ったのは女ばかり、それも有美を入れて、この階ではたった三人だけ。女は心筋梗塞になりにくいというのが本当かどうかは知らないが、やっぱり女の方が命知らずなんだろうか。

バルコニーに灰皿を置くのは禁止されている。風で吸い殻《がら》や灰が飛ぶからだ。なので、喫煙組はみんな、携帯灰皿を持参している。有美も、カートン買いした煙草のおまけについて来た携帯灰皿を愛用している。そうだ、煙草代が値上げされたのもアタマに来た。いくらカートン買いしてあったって、消耗品なんだからいつかは値上げの被害を被《こうむ》ることになる。世の中、アタマに来ることばっかり。

「よっ、ユーミン。相変わらずスパスパやってるね」

「その呼び方やめてっつってんでしょーが」

吹きさらしのバルコニーに、缶コーヒーを片手に現れた金岡麻由《かなおかまゆ》に、有美は顔をしかめて見せた。

「だってあんた、高校時代から呼ばれてたじゃん、ユーミンって」

麻由は高校時代の同級生だ。大学は別のところへ進学したのに、なんと、就職先でまた一緒になってしまった。もっとも麻由は現役合格して留年もせずに就職し、一方有美は、一浪した上、一留してやっと卒業してから入社したので、麻由の方が二年先輩になってしまった。

有美が勤めているのは広告代理店、業界大手、とまではいかないが、中堅どころでそれなりに名の知れた会社だった。築二十年と古いけれど、いちおうは都心にある高層ビルの三フロアを占め、都会で暮らす独身女としてはそこそこ恵まれた職場環境だということは、事実だ。それでも、禁煙だけではなく、いろいろと最近小うるさい規則ができてしまい、なんとなく居心地《いごこち》が悪くなった気がしている。入社十年、同期は役付きばかりになったのに、自分がまだ、主任、という曖昧《あいまい》でどうでもいいようなポストにいる、という焦《あせ》りもあるのかもしれない。二年先輩とは言っても、麻由はすでに課長の肩書きを持っていて、次長になるのは時間の問題、最年少役員の芽もありそうだという噂《うわさ》まである。他の社員の前ではタメロをきくのも躊躇《ためら》われる。

でも、今はふたりきり。麻由が自分をユーミンという甘ったるいニックネームで呼ぶつもりなら、あたしだって呼んでやる。と、有美はニヤッとして言う。

「じゃ、あんたは、ヘモッチだ、ヘモッチ」

麻由のニックネームは、本当に、ヘモッチ、だったのだ。だがどうしてそんなおかしな呼び方になってしまったのか、思い出そうとしても思い出せない。いつのまにかみんながそう呼んでいたし、本人も別に嫌そうではなかったので、そうなった。有美にしてみたらささやかな仕返しのつもりだったのに、麻由は平然とした顔で言った。

「ヘモッチでいいよ、べつに。まじにあたし、嫌いじゃないんだよね、そう呼ばれるの」

嘘ではないらしい。麻由は悔《くや》し紛《まぎ》れに嘘をつくような女ではない。

「あのさ、昔っから知りたかったんだけど、どうして麻由のこと、ヘモッチ、って呼ぶようになったの？」

「あれ、ユーミン、知らないで呼んでたの？」

「うん、知らなかった」

麻由は笑い出した。

「だったら教えない」

「えっ、教えてよ、ケチ！」

「いいじゃん別に。十八年も知らないでいたんだもん、今さら知ってもしょうがないよ」

「十八年も知らなかったから、知りたいんじゃないの」

麻由はポケットからシガレットケースを出した。が、蓋《ふた》を開けると、中には小さな四角いものが並んで収まっていた。

「なにそれ、禁煙ガム？」

「ニコチンだよ、医療用のニコチンガム」

「まさか、あんたまで禁煙しちゃうの！」

「潮時だからね。そろそろやめとかないと、いろいろまずいし」

「いろいろって、何よ？」

「いろいろあんのよ、いろいろ」

有美はむかっ腹が立った。だいたい、ガムを噛《か》むのにどうしてわざわざ、このバルコニーに来る必要があるのよ。

「もう、あたし戻るから」

「たまには昼飯、一緒にどう？」

「悪いけど、今日は先約入ってる」

嘘だった。でも、たった三人しかいない十四階の喫煙者が二人に減ったかと思うと、それだけで気が滅入《めい》る。その上、食事のあとでニコチンガムなんか目の前で嚙まれてはたまらない。


席に戻ると、バルコニーにいる間に入った電話やら伝言やらが何枚も、ポストイットに書かれてパソコンの本体に貼られている。腕時計を見たが、淳史と喋《しゃべ》っていた時間と一服した時間、合わせてたった十分足らずだった。有美は溜め息をつき、ポストイットの一枚をはがして受話器を手にする。そこそこ恵まれた職場、まあまあ恵まれた給与。だがその分、仕事はきつい。八時頃にはスタバに行けると淳史に言ってしまったけれど、はたして間に合うだろうか。仕方ない、昼飯は抜こう。なんとなくお腹のあたりがぽてっとして来たのでちょうどいい。麻由の誘いを断ったことで後ろめたい気持ちが少しあったが、昼食抜きで仕事することに決めたら気持ちが軽くなった。

機関銃でも撃つようにキーボードを叩《たた》き、電話をかけ、さらにキーボードを叩く。仕事はいくらでも湧《わ》いて来る。こなしてもこなしても、暇《ひま》になることはない。出世にさほどこだわるつもりはなかったが、係長に昇進すれば少し給与も上がるし、こりもせずに見合い写真を送りつけて来る福島の親に、自慢もできるだろう。一生独身を貫《つらぬ》く覚悟なんてものはないけれど、今ここで、仕事を辞めて結婚するなんて選択は、想像するだけでも吐き気がする。男なんかいらない、とは言わない。恋人らしきものがいた頃には、デートもしたしセックスもした。恋は好きな方だと自分で思うし、恋している時は、けっこう、健気《けなげ》に男のために尽くしてみたりもする方だという自覚がある。でも、最後にした恋の終わりからすでに五ヶ月、傷も癒《い》えたし痛みも薄れた。つきあっていた男はこの秋に、かなりな美女と華燭《かしょく》の典をあげたらしいが、だからといって、もうくよくよ考えるのにも飽きてしまった。

男女のことは所詮《しょせん》、縁。縁が無ければどんなに惚《ほ》れたって無駄なんだ。それに今は、どうせ尽くすんだったらクライアントの為に尽くしたいのよね。いやほんと。だってクライアントはお金、くれるんだもの。男なんて、お金かかるばっかりじゃない。最初のうちはともかく、つきあい始めたらいつもいつも奢《おご》ってもらうわけにはいかないし、高価なバッグやアクセサリーなんかくれる男にはたいがい、ろくなのがいない。それでいて、惚れたが最後、逢うたびに化粧もしたいし新しい服も着たくなる。ダイエット食品なんか買い始めるくらいで済めばいいけど、エステなんか通い出したらもう、給料なんかあっという間にすっとんでしまう。

今はその点、すごくお気楽だ。食事に行くって言っても、女友だちかせいぜい淳史が相手。別に気合いを入れておしゃれする必要はない。化粧品なんか、まったく興味がなくなっちゃって、今持ってるやつを使い切ったらきっとまた同じものを買うだけだろう。服も去年のものをそのまま着ていてなんの痛痒《つうよう》も感じない。恋は金のかかるイベントなのだ。せっかく働いて稼いだお金を、花火を打ち上げるみたいに儚《はかな》いイベントで使い果たしてしまうなんて、やっぱりもったいないよね。

淳史。そうだ、淳史。そう言えばあいつ、マンション買ったとか言ってたなあ。マンションか。わたしもそろそろ考えた方がいいのかも。

有美は、ルーチンワークに入ったところで淳史の顔を頭に思い浮かべた。

結婚を全否定するつもりはないけど、このままだとわたし、あとしばらくは東京で独身のまま生きることになるだろう。家賃はどんどん上がっていくし、賃貸マンションはもとが安普請《やすぶしん》だから一年ごとに古ぼけていく。あと二回も更新したら、そろそろ引っ越したいなあ、なんて思うようになる。でもその頃には家賃相場はさらに上がっていて、今と同じくらいの部屋に住むには、今よりもっと高い家賃を払うことになりそうだ。でも金利はまだ、当分は今のまま低くおさえられているんじゃないかな。だとしたら、家賃よりもローンの方が安いってことになりそう。買った部屋だって古ぼけていくことには変わりないけど、更新だなんだってお金はかからないし、何といっても自分のものなんだから気兼ねがない。淳史が買ったマンションは、下町らしいけどなかなか広いと言っていた。家賃と同じくらいの毎月ローンで、今より広い部屋に住めるなら、買った方が得じゃない？　でも頭金。頭金がどかっととられるんだよね。それにローンは二十年だ三十年だって、気が遠くなるくらい長く払わないとならない。そんなに長くこの会社で働けるって保証はどこにもない。うーん。

淳史のやつ、けっこう度胸、あるよなあ。

有美は、くりくりとした子供のような目をした淳史の顔が脳裏でにこにこしている様に、思わずひとり笑いした。

進藤淳史とは、学生時代からのつきあいだ。と言っても、淳史をいわゆる男として意識したことは、なかった、と思う。そのあたり、正直に言うと有美にはちょっと自信がない。もしかしたら淳史のことが好きだったのかもしれない、と、思い返せばそんな気もするのだが、いずれにしてもその思いを打ち明けることはないまま、あまりにも長く、友だち、として過ごしてしまった。学生時代からとは言っても、淳史とは別々の大学に通っていた。知り合ったのは居酒屋で、有美はフロア係、淳史は厨房《ちゅうぼう》で皿を洗っていた。ずっと皿洗いをしていたわけではなく、バイトをやめて就職する間際には何か料理も作っていたような気がするが、よく憶《おぼ》えていない。でも、淳史がグルメ野郎になったのは自炊していて料理に凝《こ》っているかららしいので、あの頃に調理係の見習いみたいなことをやったことが影響しているのかも。福島の実家は桃農家で、貧乏とは言わないだろうが金持ちでもなかった。有美には姉がいて、その姉も仙台の短大に進学して二年間家を離れていた。ようやっと姉が就職して金がかからなくなったと思ったら、浪人していた有美が東京の私大以外すべて落ちてしまい、両親は愕然《がくぜん》としただろうと思う。有美は二浪してもいいかと思ったのだが、女の子がそんな二浪だなんて、と母親に猛反対され、肩身の狭い思いで入学金だの授業料だのを工面《くめん》して貰って東京に出た。そんな事情で、月々の仕送りは生きるのに最低限しか貰えなかったから、当然のごとく学生生活はバイトに明け暮れることになった。居酒屋のフロア係はそのひとつで、他にも土曜日曜でも仕事があればバイトに出た。人材派遣会社に一日バイトの求人登録をしていたので、なんやかんやと細《こま》かい仕事の依頼メールが来ていたのだ。テレビドラマのエキストラ、なんていうけっこう面白いものもあれば、裁判の傍聴席を確保する為の抽選参加、なんて、なんとなくむなしい仕事もあった。二時間も三時間もただ並んで抽選に参加し、せっかく当たっても自分でその裁判が傍聴できるわけではない。ただ、当たると特別に金一封が出るのではずれるよりはいい。はずれるとすごく惨《みじ》めな思いで、並んだ時間分のケチくさい金を貰ってとぼとぼ帰ることになる。まあそんなこんな、職種だけ挙げたら膨大な数になるバイト経験が、結局のところは就職に有利に作用したらしいから、人生も捨てたものではない、と、内定通知を手にした時に有美は思った。広告代理店というのは、生真面目な優等生よりもどこか規格外の人間を採用したがる、という噂は、少なくともこの会社に関する限り、本当だったようだ。

一方、淳史は有美よりももう少し堅実というか、落ち着いた苦学生だった。実家があまり裕福ではなく仕送りの金額が少ないのは一緒だったが、淳史は皿洗いのバイトの他には塾の講師というバイト・エリート族となり、普通の会社なら新入社員の給与より多いくらいの月収を稼いでいた。あの頃から堅《かた》い奴だったなあ、と有美は思い出す。有美が通っていた大学も知名度はそこそこあったので、やろうと思えば塾の講師もできただろうが、なんとなく、先生と呼ばれて他人に何かを教える仕事、というのが性《しょう》に合わない気がして、選択肢として考えたことがなかった。

そんなわけで、淳史はいつも有美よりは多少羽振《はぶ》りがよかったので、金欠が慢性状態だった有美をよく誘ってくれた。

なんか美味いもん、食わない？

それが淳史のいつもの誘い言葉。飛び抜けて美男子というわけではないが、普通に整った顔立ちをして、感じも悪くなく、働きもので、冗談もつまらなくはない淳史から、毎度毎度誘われて、その気になったことはあったと思う。けれど、どういうわけか、二人の関係に色気のある進展はないまま時が過ぎ、先に卒業した理系の淳史は大学院に進学、有美はバイトのやり過ぎで見事に一年すべって遅れて卒業。それでも運良く、広告代理店にもぐりこんで、世間的にはコピーライターと呼ばれる仕事に就くことができた。と言っても、この会社では、正社員のコピーライターは事務仕事も山ほどやらされるのだが。

淳史は大学院を修士課程で終えて、化粧品会社の研究室に就職し、毎日毎日残業しつつも暇をみつけては有美を誘ってくれる。いつものように。

なんか美味いもん、食わない？

わたしたちってさ、いったい、なんなんだろうね。

有美は、キーボードの上の自分の指先を見つめて考える。

恋人にはもうたぶん、なれないだろうし、友だちって言えばそうなんだけど、でもさ。

淳史に恋人がいたこともあった。大学を卒業する頃から、就職する頃までの少しの間、同じ大学院の先輩とかいう女性とつきあっていた。逆に有美にも、恋人はいた時代がある。淳史と知り合ってからなら……三人？　男とつきあった。

互いに恋をしていた間、美味いもんを食いに行ったかどうかは思い出せない。行ったかもしれないけれど、デートのない暇な時だけだったと思う。でも、恋が終わった後は必ず、ふたりで美味いもん、を食べた。

救われた、のかもしれない。

有美は、少しだけ、胸のあたりにきゅっと感じた何かをまぎらわせるように、キーボードから離した指先で自分の胸のふくらみをおさえる。

失恋して最悪の状態の時に、いつもあいつがご飯に誘ってくれたから。だからわたし、最悪から脱出して立ち直れたのかも。

もしかしてこのまま一生、失恋のたびに淳史と「うまいもん」食べて過ごすのかな。でも淳史が結婚しちゃったら、奥さんがそんなことゆるしてくれるだろうか。恋愛感情なんかありません、って言い訳したって、わたしが妻だったらきっと、自分の夫と失恋のたびにご飯食べるような図々《ずうずう》しい女、ゆるさない。

そうだよなあ。

有美は、思わず小さな溜め息をついた。

淳史にだって、そのうち、結婚したいって思う女が現れる。淳史はどちらかと言うと手堅い人生を歩くタイプだもの、そろそろ身をかためて、子供だって欲しくなる頃だ。マンションを買ったのもその布石《ふせき》だ、きっと。もしかしたら、結婚したい相手がもういるのかもしれない。それで結婚しちゃったら、淳史はかまわないと思っても、奥さんが嫌がるだろう。独身女のメシ友、なんて。

淳史と夕飯を一緒にできるのも、あと少しの間なのかもしれない。そう思うと有美は、自分でも意外なほど、気落ちした。淋しい、と思った。その気持ちを振り払うように、音をたててキーボードを叩いた。やがてまた電話が鳴り出して、有美は仕事に没頭《ぼっとう》することで、その淋しさを忘れてしまった。

3

あの人は、確か、Y化粧品の進藤さん。

女将は、カウンターに座った男性の顔をちらっと見て、思った。昔は人の顔をおぼえるのが苦手だったのに、この仕事をするようになって、たった一度でも店に来てくれた客の顔はたいてい記憶できるようになった。名刺を貰えば、名前と顔も同時に憶えてしまえるようにもなった。どんな職業でも、本気で打ち込めばなんとかなるものなのだ、と思う。昔の自分を知っている者なら誰でも、あなたには水商売なんて無理よ、小料理屋の女将さんなんてとてもつとまりっこない、と言っただろう。さほど社交的な性格ではなく、初対面の人とうちとけて話すことが苦手だった。料理も上手いというわけではなかった。ましてや人の顔など、三度くらい会ってようやく憶えられるという状態だった。でも、若い頃に日本を出てパリで暮らすようになって、人見知りなどしていては外国でたったひとりで生きていくのは無理だとさとった。初対面だろうとなんだろうと、人と繫《つな》がることでしか、孤立無援の状況から脱することはできない。それを身をもって知った。日本料理店でアルバイトをすることで、料理についても学ぶことができた。お運びのバイトだったが、忙しい時は調理場で下ごしらえを手伝ったり、出汁《だし》をとったりした。板前さんたちが親切にしてくれて、プロの技をいろいろと教えてもくれた。日本に戻ってから店を出したいと思った時、パリ時代にお世話になった日本料理店の板前さんが帰国して開いた店で、半年だけ修業させてもらった。パリでの生活は楽しいことばかりではなく、最後は思い出すのも苦しく辛《つら》い悲劇にみまわれた。日本に戻った時、女将は昔の名前を捨てた。が、ほんの何人か、昔のことを知っている人にも助けを求めた。

結局、捨てたはずの昔、忘れたはずの過去が追いついて来て、今、女将は昔の名前を取り戻した。けれど、この、ばんざい屋にいる間は、吉永《よしなが》という新しい名前を大事にしていよう、と思っている。

進藤が連れて来た女性は、初めての客だ。化粧が薄く、それも朝から一度も直していないのか、ほとんどとれてしまっているが、すっきりとした目鼻立ちのなかなか綺麗な女性だった。黒いスラックス・スーツに薄いブルーのシャツ、大きくて書類がたくさん入りそうな、使い込んだバッグ。ラップトップのパソコンもしっかりその中に入っていそう。踵《かかと》が太くて歩きやすそうな、だがおしゃれに見える靴。都会的で洗練されている。そして有能そうだ。この丸の内という街にはたくさんいる種類の女性。そして他の多くのそんな女性たち同様、このひとも、かなり疲れた顔をしている。少し充血した白目は、寝不足とパソコンの画面を長い時間見つめていたせいだろう。顔色があまりよくないのは、残業残業で精神的にも疲弊《ひへい》しているからだろうか。美容院に行く時間もとれないのか、もともとは短めだったはずの髪が中途半端なセミロングに伸びていて、カットはほとんどとれてしまっている。そのせいで、せっかく洗練されたファッションに身を包んでいるのに、たぶん実年齢より老《ふ》けて見えている。そして、こんなタイプのこの街の女性は、なぜなのか、大部分が煙草を喫《す》う。

ばんざい屋は、いわば街の呑屋、なので、禁煙ですなどと店の側から言うことはできないし、女将自身もごくたまに、煙草が欲しくなる時があった。でも、恋人、と呼べるひとがそばにいてくれるようになってからは、煙草が欲しいと思うこともめっきり減って、今は買い置きも部屋にはない。店でも、煙草をおくと銘柄をあれこれ言われてややこしいのでおかないことにしているが、禁煙ではないので、もちろん客が喫うのは自由だ。だがどうした風潮か、ここのところ店の常連客にも禁煙が流行《はや》っていて、男性の常連客のほとんどが煙草をやめてしまった。禁煙を実行中の人にとっては、隣りの客がこれみよがしに煙草を手にするのはちょっと辛いのではないか。そんな配慮から、換気扇に近い側になんとなく喫煙客を案内するようになった。オープンキッチンの店では焼き物をすると煙が客の方まで流れてしまうので、換気扇だけはかなり大型で強力なものを設置してある。特にばんざい屋では魚を焼くことが多いので、換気扇の掃除と点検は毎日丁寧にやっている。だから喫煙客が吐き出す煙くらいは難なく排気してくれる。

進藤は前に来た時も煙草を手にしていなかった。だが、今夜の連れはたぶん喫煙者だろうと見当をつけて、換気扇の近くに案内した。女将の勘は当たり、連れの女性は席につくなり煙草の箱をカウンターの上に置いた。

なぜなのか、女将はその女性のことを、かすかな同情の思いで見ている自分に気づいて、ハッとした。有能なキャリアウーマンだけれど仕事に疲れている独身女性。そんな、型にはまった偏見で客に同情するなんて、いつからあたし、そんなに偉くなったのよ。傲《ごう》慢《まん》もはなはだしい。客商売をする人間としては、失格だ。

だが、女将の胸にかすかに生まれた妙な思いは、なかなか静まらない。ただ外観が疲れて見える、というだけではなく、彼女の目の色に、女将の心を波立たせる悲しみの色があるような気がしたのだ。いや、悲しみ、というよりは……

「じゃ、麻由さんも禁煙したんだ」

進藤の相づちに、連れの女性は必要以上に大きな声をあげた。

「そうなのよ！　まったくアタマに来る！　なんで麻由がニコチンガムなんかくちゃくちゃやってるわけ、あんなのイモだってさんざけなしてたくせにさ！　だいたいね、健康に悪いってわかってて喫ってるんだから、ほっといてほしいわけよ。受動喫煙とかもさ、わかったわかった、だからあんたのそばでは喫わないんだから、いいじゃんそれで、ってことでしょう？　髪や服についてる臭いがイヤだとか、煙草喫うやつは口が臭いだとか、そういうのも全部、自分で引き受けてるリスクなんだから、もういいじゃないのよ、それで。

肌だって荒れてるだろうし、指先も黄色いし、歯の裏だって黒いですよ。醜《みにく》いのはわかってて喫ってんだから、ほっとけっつーの！」

「髪や服の匂いは、他人の煙草の煙でつくからイヤなんじゃないの？」

「だーかーらーっ！」

ゆう、と進藤が呼んでいるので、連れの女性はゆうこ、とかゆうみ、とか、そんな名前なのだろう。ドン、と生ビールのグラスをカウンターに打ちつける。幸い、今夜は他に客は少ないが、離れたところに座っている二人連れの常連客は、驚いた顔でゆう、と呼ばれる女性を見た。そして、半ば蔑《さげす》むような笑みを浮かべる。

「そういう時は言ってくれればいいのよ。煙がイヤなんで離れてください、って。そう言われたらちゃんと離れるわよ！」

進藤は苦笑いした。

「言いにくいよ、そんなの」

「言いにくかったら我慢しろーっ！」

まだビールをグラス二杯ほど、酔っぱらっているわけではないのだろうが、女性のテンションは奇妙なほど高い。悲しみというよりはさびしさ、と、女将が読んだ目の色は、この不思議な興奮と背中合わせにあるもののような気がした。客の話はできるだけ聞かないようにしているが、禁煙したこの女性の友人は、この女性に輪をかけたような有能なキャリアウーマンらしい。つまりはこの女性にとって、仲間、同志といった存在なのだろう。その同志が、煙草をやめた。やめたことが気に入らないのではなく、なぜやめたのか、その動機の奥にある「何か」が、この女性には気に入らないのだ。それが何なのか、そこまでは考えまい、と、女将は料理を作る手を速めた。毎夜毎夜、このカウンターには様々な人々が集《つど》い、様々な人生を語る。だが客たちは、語った言葉がいつまでも誰かの耳に残ることは望んでいない。ましてや、他人にそれを憶えていてほしいとは思っていない。聞き流して忘れてくれると期待するから、彼らは語るのだ。

「女将さん」

ゆう、と呼ばれる女性が不意に女将の方を見た。

「なんか、お腹へっちゃった。途中でご飯ものいただいてもいいですか。それからまた飲み直しても」

「最後に食べればいいんじゃないの」

「いやなのよ、空《す》きっ腹にアルコール入れると、なんか必要以上に酔うから。アッシも食べなよ。食べてから飲む方が、ゆっくり飲めるよ」

「そうかなあ。食っちゃったら酒、入らなくなりそうだけど」

「そんなことないって。ねえ女将さん、先に食べてもいいですよね？」

「ええ、もちろん」

女将は微笑《ほほえ》んだ。

「うちにはお酒は飲まずにご飯を食べにいらっしゃるお客様も多いんですよ」

「へえ、そうなんだ」

「おばんざいは、ご飯のおかずですから。大皿の料理はどれも、ご飯によく合うんです」

「そういえば、京都の料理なのにけっこう、味がしっかりついてますよね」

「だから言ったろ、ここのは、本物のおばんざいだって」

「うん、ここの料理、あたしにもおいしい。あの変に薄い味の京料理ってさ、苦手なんだよね」

「懐石料理は最後にご飯が出ますから、濃い味つけばかりですと飽きてしまいますでしょう。お酒のつまみに濃い味のものも出ますけど、たいていは、ご飯がなくても食べられるように薄味です。でも関西の料理は出汁をしっかりととりますから、薄いようでいてちゃんと味がするものなんですよ。薄口醤油は濃い口より塩も強いですし。おばんざいは、庶民のおかずですから、あまり薄味にしていたのではご飯がすすみません。なので、いくぶん、濃いめのお味にします。うちもそうしているので、どうぞお好きな時にご飯になさってくださいな」

「ここはね、白いご飯の他に、季節のご飯もあるんだ。炊込みご飯とか混ぜご飯とか。女将さん、前に来た時のあの栗ご飯、すごく美味しかったです。あれ、今日もあります？」

「ありがとうございます、進藤さん。でも栗ご飯は、月が替わったのでおしまいにいたしました。今日は黒豆ご飯なんですけど」

「黒豆ご飯？　あの、甘いやつをご飯に混ぜるの？」

ゆう、の問いに、進藤が笑った。

「ゆう、法事の時の黒豆ご飯、知らないのかよ」

「なによそれ。お赤飯なら知ってるけど」

「だから、赤飯の反対で、黒豆つかうんだよ。法事で赤飯出すわけにいかないだろ」

「やだ、法事のご飯なんて、なんか縁起わるーい」

「いえ、黒豆ご飯は黒豆ご飯なんですけど、とても鮮《あざ》やかな色で、ちょっと素敵なんですよ」

女将は、しゃもじの先でおひつから少しだけご飯をすくい、小皿にのせて二人の前に出した。

「わあ、紫がきれい！」

「ほんとだ、紫色だ。女将さん、この色、どうやって出したんです？」

「黒豆の色がそのまま出ただけなんですよ。黒豆を煮たりしないで、炒《い》ってそのまま炊き込むと、こんな色になるんです」

「水で戻さないんですか？」

「ええ。戻してしまうと、こんな色にはならないんです。戻した水に豆の皮の色が溶けてしまうからでしょうね。お豆がかたいのはお嫌いですか？　この作り方ですと、お豆がコリコリとかたく仕上がるんです」

「かたいのも香ばしくておいしそう」

「少しお食べになります？」

「ください！」

ゆう、が元気よく言う。

「食べたいです！」

「なんかうまそうだなあ、女将」

もう一組の常連からも声がかかった。

「ちょっと早いけど、こっちにもくださいよ。黒豆なんて食べるの、正月以来だ」

「健康にもいいらしいですよ」

進藤が言うと、ゆう、は唇をとがらせた。

「健康のことなんてどうでもいいったら！ おいしければそれでいいの！」

「なんでそう敏感に反応するんだよ。健康健康って言ってばっかりってのはつまんないけどさ、からだにいいもの食べるのは別にいいじゃん」

「だから、からだにいいかどうかなんて考えて食べたくないのよ。美味しいから食べる、そういう人生をおくりたいの、わたしは。だいたいね、うちのばあちゃんなんか、竜の涙さえあればなんでも治るって信じてたんだから。九十八まで生きたけど、医者も薬もほとんど縁無しだったのよ」

「なんだ、竜の涙、って」

「なんだか知らない。ばあちゃんがたまに、山から持って来てた」

「山から？」

「うん。一度だけ飲ませてもらったことあるんだけどね、ほんとに涙みたいに、ほんの少しだけどしょっぱい感じがしたんだ。でもただの水に塩を入れたもんだろうって、お父さんなんか馬鹿にしてたけど。ばあちゃんは、じいちゃんと二人で離れで暮らしてたのね。じいちゃんが死ぬまで、大きな甕(かめ)に竜の涙をいっぱい入れて、それでご飯炊いたり料理したりしてたみたい。でもじいちゃんが死んでから母屋《おもや》で暮らすようになって、竜の涙はばあちゃんだけのお楽しみになっちゃったの」

「面白いなあ、なんだろういったい」

「山の湧き水に塩を入れたもんでしょ、たぶん」

「どうして塩を入れるのかな」

「殺菌の意味でもあるんじゃない？　とにかく、ばあちゃんは、竜の涙さえあれば病気になんかかからない、って言ってた。九十八までボケもしないでぴんぴんしてたんだから、なんかの御利益《ごりやく》はあったってことかもね。いずれにしても、ただの水でもイワシのあたまでも、信じれば効くってことでしょ？　からだにいいとかなんだとか、そんなのみんな、気のもちようなのよ。だったらさ、美味しいものはからだにいい、って思って食べてればそれでいいじゃないの。小うるさいのって嫌いだよ」

ゆう、は、ふん、と鼻から息を出す。その様子は意外なほど可愛らしくて、小さな子供が駄々《だだ》をこねているように見えた。

　黒豆飯は好評だった。四人とも、茶碗一杯で足らずにそれぞれお代わりしてくれた。炒った黒豆を塩と一緒に炊き込んだだけのとても簡単な料理なのに、こんな味がこの丸の内で人気になるというのは面白いと思う。女将は京都の西、丹波《たんば》の出身で、故郷では黒豆ほどありふれた食材はなかった。煮豆は正月でなくても一年中食卓にあったし、黒豆飯もよく炊いた。あの頃は、特に好きだとか嫌いだとか思ったことがない味だったが、今は、丸の内で働く人々同様、この味が不思議なほど美味しい。

　飯のあとですぐに酒には戻りにくいだろうと、それぞれに番茶を一杯ずついれた。それから、また少し酒が欲しくなってもいいように、大徳寺《だいとくじ》納豆《なっとう》を小皿にほんの数粒のせて出してみた。

「うわ、これなんですか？　しょっぱいけどおいしい！」

「大徳寺納豆ですよね」

　進藤はなかなかの食通らしい。前に来た時も、素材の名前や調理法の話題を豊富に披露《ひろう》していた。

「渋味がちょっとあって、日本酒が欲しくなるなあ」

「これ、納豆なんだ」

「うん、名前はね。でも普通の納豆とは、発酵させている菌が違うんだ。こっちの方が古くからある食べ方らしいよ」

「またお酒に戻られます？」

「お願いします。ゆうのおかげで、腹がいっぱいになっちゃったよ。もうちょっとつまみが食いたかったのに」

「いいのよ、お腹いっぱいの方が悪酔いしないんだから」

「でもここのおばんざい、美味いだろ？　もっといろいろ食いたいじゃん」

「また今度来た時食べればいいでしょ」

「そうなんだけどさ」

　進藤は、一瞬、間をおいてから言った。

「……ちょっと忙しくなりそうで……出発までにもう一度来られるかどうか、わかんないから」

「出発って？　どこか行くの？　海外出張とか」

「まあ……そんな感じ。実はさ、言いそびれてて今日になっちゃったんだけど、年が明けたらすぐ、アメリカなんだ」

「長いの？」

「うん。……というか……いつ戻って来るかわからない。俺、今年いっぱいで退社して、向こうの製薬会社に移ることになったんだ」

「それって……ヘッドハンティング？」

「そんなすごいもんじゃないよ。研究所で一緒にチーム組んでいた人が向こうに渡るんで、一緒にどうかって誘われただけ。今の会社、給料は悪くないけどいろいろ制約が多くて、ほんとにしたい仕事が出来ない状態が続いててさ。もう俺もそろそろ三十半ばだろ、挑戦するなら今しかないと思って」

「だって」

ゆう、の声が揺れている。

「だって……マンション買ったばかりじゃん……」

「賃貸に出すよ。ローンあるし、いつ向こうの会社をクビになって日本に戻るかわからないから、売りたくないし」

「それじゃ……ほんとに行っちゃうんだ」

「うん」

女将は、二人の前に、冬大根と柚子《ゆず》を浅漬けにしたものを出した。だが二人は、しばらくの間黙ったまま、箸《はし》を持とうともしないでいた。

4

有美は驚いて聞き返した。麻由は、照れたようにうなずいた。

「子供？」

「ま、まじで言ってるの、麻由」

「大まじだよ。本気でね、子供欲しいなって」

「だから……禁煙したんだ」

「ま、それもある。妊娠したからってすぐにやめられるかどうか自信ないし。でもさ、そのあともずっと、母乳やるなら煙草はだめだし、小さい子と一緒に暮らすならそばでは喫えないからね、どうせならやめちゃえ、って」

「信じらんない！」

有美は思わず叫んだ。

「あんたの口からそんな言葉、聞くなんて思ってなかった！　子供が欲しいって、麻由、あんたのつきあってる相手って」

「うん、わかってる。いわゆるひとつの、妻子持ちってやつ」

「なのに、なのにどうして、なんで⁉　まさか、子供つくったらあいつに結婚して貰える
とかそういう」

「ストップ」

麻由は片手をあげた。

「いくらなんでも、わたし、そこまでバカじゃない。そこまで醜くもなりたくないよ。父親があの人になるか、他の人になるかはまだわからない。そこまで具体的じゃないのよ。ただ、産みたい。産みたいから、いつ妊娠してもいいように身の回りのこと、ちゃんとしておくことにしたの」

「ちゃんとしておく、って、今までだってちゃんとしていたでしょう？　なんでそういうこといきなり、言うのよ。麻由、おかしいよ。麻由の考えてること、変だよ！」

「とにかくさ、そういうことだから」

麻由はにっこりしたが、その頰が少し、ひきつっているように有美には見えた。

有美はむかついた。ものすごくむかついて、怒りで頭が沸騰しそうだった。いったいどうしたって言うんだろう。淳史がいきなりアメリカに行くことになり、麻由は、つまらないそのへんの女みたいに、子供が産みたいの、なんて言い出した！　いったい何が、どう

したのよ！

なんだって、急にみんな……わたしのこと、置き去りにしてどっかに行くわけ？

麻由がいなくなった吹きっさらしのバルコニーで、有美は立て続けに五本の煙草に火を点けた。それでも、少しも気持ちが落ち着かない。それどころか五本目を唇にはさんだ時、自分の頬に伝っている涙に気づいてびっくりした。

ほんとに信じられないよ。どうして泣いてるんだろう、わたし。

淳史は恋人なんかじゃない。ただのメシ友だ。麻由だって親友というよりはライバルというか、いつだってけっこう緊張感のある関係でここまで来た。ふたりとも、わたしの人生のスパイスではあったけれど、メインの素材、ってわけじゃなかった。でも、でもね。

淳史はどうして、もっと前にわたしに打ち明けてくれなかったんだろう。今の会社で仕事が思うように出来ないなんて、今まで一言も言わなかったじゃないのよ。望んでいた研究職で給料もよくて、マンションも買ったし、あとは嫁探しでもすれば人生いっちょあがり、だったんじゃなかったの？　転職したいほど悩んでいたのに、わたしとご飯食べてる時はいつも、食べ物のことばっかりしか話してくれなかったのは、なぜ？

麻由も麻由だ。いきなり子供が欲しい、って、それが麻由の口から出たセリフだなんて、未《いま》だに信じられない。そういうことは絶対に言わない人だと思っていたのに。麻由がテレビ制作会社の重役と不倫関係にあることはずっと前から知ってたけど、麻由くらい賢い女がやってることなんだから、あれこれ他人が口を出す必要はないと思っていた。麻由ならば、相手の家庭を無理に壊して修羅場《しゅらば》になるようなドジは踏まないと思っていたし、まんまと略奪結婚にゴールインするとしても、ちゃんと細かいことは責任とって、かたをつけて、きっちりさせるものだと思っていた。第一、麻由は子供なんてぜったい欲しくない、そういうタイプだと思ってたのに！

父親が誰になるかわからないなんて、なんなのよ、あの言い草は！　そんな身勝手で生まれて来た子がどれだけ迷惑するか、そんなことも考えられないの？

いったいどうしちゃったの、麻由。


みっともないので涙は拭いて、トイレに寄って珍しく化粧も直した。いつもはクライアントと待ち合わせする寸前にしか直さない化粧。もともと好きじゃない、化粧。だけど、入社してすぐに先輩から言われた。化粧をしてない女は信用されないよ、って。化粧をしないってことは、自分に自信があり過ぎるってことだから。他人からどう思われようと関係ない、そういう性格だって思われるから。

先輩の言葉が当たっているのか的外れなのか、未だに有美にはよくわからない。けれど、アトピーがあるので化粧ができません、という同僚以外、女はみんな化粧をしている。それがスタンダードなんだろうと思う。だから化粧はする。

するんだけど。

鏡の中の自分が、あんまりひどい顔で、有美は叫びそうになった。顔色が青白い。白目が赤い。吹き出物がいっぱい。目の下は黒ずんで、唇はシワシワだ。

それでもなんとか、気をとり直して口紅をひき、席に戻った。机の上に載っていたのは、健康診断の検査結果。半年前は風邪をひいていたのに検査を受けたら、肝臓が悪いかもしれないと再検査になって、でもなんとかシロだった。今度はどうだろう。また再検査だったら、淳史に煙草をやめろって言われ……ちっ。有美は舌打ちする。淳史なんてもう、どうでもいい。どうせいなくなっちゃうんだから!

紙のミシン目にそって破る。トイレでこっそり見ようかとも思ったけれど、なんだかいろんなことに腹が立っていて、もうどうにでもなれ、という心境だった。だから、ビリッと紙を破いて、えいやっ、と開いた。

念の為、専門医師の診察を受けてください。

赤い文字。ひっかかったのは、マンモグラフィー検査だった。それで、なによ、これ。

あたし……乳癌《がん》なの？

有美は笑い出した。あんまりおかしい。肺癌になるから煙草をやめろってみんなによってたかって言われてたのに、かかったのは乳癌。しかもあたし、Aカップだよ。80－A！　昔ふうに言うならぺちゃぱい、今ふうに言えば、貧乳の絶壁女。

もうだめ。あたし、限界。

世界中のすべてがあたしに意地悪している、そんな気がする。

有美はパソコンの電源を落とし、勢いよく立ち上がった。もう五時は過ぎている。誰もまだ帰らないけれど、五時は過ぎてるのよ！

「すみません、今日は所用があるのでこれで」

有美が大声で言うと、二つおいて隣りの机にいた直属の上司の斎藤が、びっくりした顔で有美を見た。

有美は一礼し、足音高くロッカーへと急いだ。

＊

「今日はお早いんですね」

目の大きな、美人だけれど少しだけさびしそうな顔をした女将が、優しい声で言った。

わたしのこと、憶えてくれたんだ。さすがだな。でもそうか、あれからまだ三日しか経ってないんだもの、当たり前か。

「今日はどうしましょう、ご飯になさいます、それともお酒を召し上がる?」

「あの、わたしひとりなんです。淳史、いえ、進藤さんは来ないんですけど」

「そうですか。出発のご準備とかいろいろお忙しいんでしょうね」

「いいですか、ここにいて」

「え?」

「わたし、ひとりでここに座っていて……いいですか?」

女将は少しだけ驚いたように目を見開いたけれど、すぐにやわらかな笑顔になった。

「もちろんですわ。うちはね、女性でおひとりでみえるお客様がとても多いんですよ」

「そう……なんですか？」

「ええ。わたし自身、あまりお酒に強い方ではないので、ついつい、ご飯を召し上がるお客様を大事にしてしまうんでしょうね。それでなのか、おひとりでみえてお食事されるだけ、という方も多いんです」

「……よかった」

　有美は思わず、そう呟いた。

「どうかなさいました？」

「いえ……なんとなく、わたし、今……ここにいてもいいよ、って言って貰えそうな場所が見つからなくて」

　そう言ったとたん、また涙が出た。一度泣き出すともう止まらない。何がなんだかわからない。他に客がいない、というのは店に入った時に見てわかっていたけれど、泣いているうちに誰か入って来るかもしれない。それでも泣きやむことが出来なかった。出来ないまま、喋っていた。何も知らない、ただ小料理屋の女将さんだ、というだけの女性に、すべてを喋っていた。

　淳史のこと。淳史とふたりで「美味いもんを食った」日々のこと。本当は淳史のことが少しだけ好きだったこと。でもなぜか二人の間には何も起こらず、やがて別々に恋をして別々に失恋して、それでまた美味いもんを食べたこと。麻由のこと。入社して先輩になった麻由と再会した時、こいつだけには負けたくない、と思ったこと。思ったのに、結局、いつも仕事では負けてばかりで、大きく水をあけられちゃったこと。それでも麻由のことは尊敬していて、もしかすると、自分も彼女のようになりたいと思っていたこと。それなのにいきなり、子供が産みたいなんて言われて、裏切られたって気分なこと。淳史にも裏切られ、麻由にも裏切られ、最後に乳癌かもしれないって通知が来たこと。もう何もかもだめ、やってられない、これまで精いっぱいつっぱって、東京でがんがんやってる出来る女、って周りに思われるように無理して来たのに、努力なんかしたって自分は成功できそうにない、幸せになれそうにない、もう死んじゃいたい……泣いて、喋って、また泣いた。もういいや。どうにでもなれ。みんなであたしのこと笑えばいい。笑えばいいんだ！

「はい、これ」

目の前に、素敵な切り子ガラスのコップが出された。青い鮮《あざ》やかな色が目に染《し》みる。

「……な、ひっく、なん、ひっく、なんですか？」

有美は、泣き過ぎてしゃっくりが出たのを呑み込みながら訊いた。

「竜の涙です」

女将が微笑む。

「このあいだ、話してらっしゃったでしょう？　田舎《いなか》は福島だと聞きましたけれど、これは福島のものではないんです。兵庫県の、六甲山《ろっこうさん》のものですけれど」

「な……ひっく、なんで……」

「とりあえず、しゃっくり、止めましょう。一口飲んで、一、二口目を飲んで二、と、十数えるまで、十口飲んでみてくださいな」

「そ、それで、ひっく、と、とま」

「たぶん止まると思います。わたしはいつも、それで止めていますから」

有美は半信半疑ながら、言われた通りにしてみた。一口飲んで「いち」、二口目で「に」

……

止まった。

「ほんとに止まった！」

「よかった。しゃっくりが出たままでは、何か食べてもおいしくありませんものね」

「で、でも、これ、竜の涙ってすごい！　しゃっくりが止まるなんて」

女将は一瞬、有美を見て瞬《まばた》きし、それから、軽やかに笑った。

「しゃっくりが止まったのは、飲み方のせいだと思いますよ。水道の水でも止まりますよ」

「そうなんですか？　でもこれ……確かに……似てます。ばあちゃんに飲ませて貰った竜の涙に似てる気がする。これ……何なんですか？」

「お水です」

「塩の入った？」

「いいえ、塩は入れていません」

「でも……ほんの少しだけど……しょっぱいような、甘いような気が」

「ナトリウムが多いんです。それ、六甲山の天然のミネラルウォーターなんです。自然の湧き水はすべて、含まれるミネラルの分量や種類が違うので、味が違うんですよ」

「ミネラルウォーター……」

「ナチュラル・ミネラルウォーターと呼ぶらしいですね。東京の水道水も最近はかなり美味しくなりましたけれど、味に個性はあまりないでしょう。和食は素材が淡泊な味のものが多いですから、お水の味がけっこう料理に影響します。こんな店なので気取るつもりはないんですけど、たまにね、お豆腐をお出しする時なんかは、こういうお水を使ってみたりするんです。今は便利になりましたね、お水を扱う業者に頼めば、日本中のいろんなお水を取り寄せることができますよ」

「じゃあ、ばあちゃんが飲んでいたのも」

「ナトリウムを多く含む湧き水だったのでしょう。もしかすると、湧き水が小さな滝になっているようなところから汲《く》んでいらしたのかも。滝を竜にたとえるというのは、地名などにもよくありますものね」

「でも、どうしてばあちゃんは、なんにでも効くなんて。ただのお水なのに」

「ナトリウムは味の成分としてわかりやすいですけど、たとえばそのお水は他にカルシウムもかなり含んでいますし、マグネシウムも含んでいるそうです。富士山のあたりの水はバナジウムを含んでいるなんて広告が雑誌にも出ていますでしょう。おばあさまの竜の涙にも、きっと、いろんな成分が含まれていて、それが健康によい効果をもたらしたので、昔の人たちが万能薬のように珍重《ちんちょう》していたんじゃないでしょうか」

女将は、湯気のたつ小さな器を有美の前に置いた。

「とてもいい白菜が入ったんです。それでちょっと贅沢《ぜいたく》をして、そのお水でやわらかく煮てみました。お出汁は鰹節《かつおぶし》だけで、昆布は使っていないんですよ。生臭くならないよう、ガラスでかいた鰹節で、ほんとにさっととったお出汁です。日本酒少しと、あとはお塩に薄口のお醤油がほんの香りづけ程度。ふつうなら物足りないお味になるところなんですけど、このお水だと、なぜかしっくりしたいい塩梅《あんばい》になるみたいです」

有美は、そっと箸をつけた。さくり、と白菜が切れる。さくり。

口に入れた。

ふくよかに、甘い。

温かい。

「余計なおせっかいでしたらごめんなさい。でも、思うんです。誰の人生にも、転機というのは訪れるものだ、と」

女将の声は、白菜の味そのままに、やわらかく澄んでいた。

「進藤さんがアメリカ行きのことをあなたに言わなかったのは、辛くて言えなかったから、そう考えることもできるんじゃないでしょうか。進藤さん……最初にここに見えた時は、先輩の方とご一緒でしたけど、アメリカで仕事をすることに迷いはないけれど、美味いもんを食いに行けなくなるのがさびしくて、とおっしゃったんです。その時はわたし、あら、アメリカにもおいしいお店はきっとあるだろうに、なんだか変な言い方だわ、と思いました。でも今のあなたのお話で、わかりました。進藤さんは、あなたと美味いもんを食いに行けなくなる、それがさびしい、そう言いたかったのね。それとね、麻由さん、という方。これはわたしの勘ですけど……不倫相手の方と、別れることを決心されたんではないでしょうか。その別れはきっと……麻由さんにとって、とてもとても辛くて悲しくて、そのままだと心が壊れてしまいそうで。本当はその人と別れたくない、どんなにみっともない修羅場を演じてでも、その人と添い遂げたい。その人の奥さんからその人を奪いたい。それが本当の願い。でもそれは出来ない。してはいけないと心に決めた。だから、子供を産みたい、という別の望み、別の願いを心に掲げることで、壊れそうになる心をなんとか保っている。ごめんなさい、まるっきり大はずれかもしれませんけれど……なんだかそんな気がします」

有美は、顔をあげた。なぜなのか、カウンターの中の着物姿の女将が、泣いているように見える。よく見れば泣いてなどいないのに、その表情のいちばん奥で、透明な涙がとめどなく流れているように、見える。

「乳癌は、早期発見すれば大丈夫だそうですね。それもまた……ある意味で、転機、というものなのかな、と思います。それに、精密検査してみればなんでもなかった、ということもあるでしょうし。わたしも区の健康診断でひっかかって、でもなんともありませんでした。いずれにしても……明日にでも、病院へ行ってくださいね」

「はい」

有美は、素直に言ってうなずいた。

肩の力が抜けた。

二人の大切な友だちに裏切られた、という思いは、どこかに消えていた。

白菜をまた、一口。

それから、切り子ガラスの涙を、ごくり。

麻由を誘って、ここに来てみよう。考えたらもうずいぶん、麻由と飲んでない。

淳史が旅立つ日は、成田《なりた》まで行こう。

ふたりとも、これからだってきっと、わたしの友だちでいてくれる。転機が訪れて三人それぞれ、新しい人生を歩むとしても、友だちでいてくれる。そう、信じればいいんだ。

信じれば。

霧のおりてゆくところ

1

会議が終わると毎度毎度、首の後ろに鉄の枷《かせ》をはめられたような気分になる。
金岡麻由は、ゆっくりと首をまわして痛みをほぐした。

今日は特にシビアだった。十年近く電車の中吊り広告を一手に任せてくれていた大手デパートが、四月から他の広告会社に乗り換えると一方的に通告して来た。価格競争に敗れたのか、これまでの仕事にダメが出されたのか、食い下がってその理由だけでも探ろうと一ヶ月近く頑張《がんば》ってみたが、向こうのガードは堅く、乗り換えられてしまった理由は未《いま》だによくわかっていない。それが会議の席上、とことん断罪された。中吊り広告自体に麻由がかかわっていたわけではないのだが、麻由の部署は他社の動向を探ったり、できるだけ早く自社に有利な情報をキャッチする為にある部署なので、それが機能していないと断罪されるのは仕方のないことではある。

だが、今日の会議はいつもにも増して、麻由ひとりを吊るし上げる雰囲気《ふんいき》で満ち満ちていた。課長に昇進してから社内での風当たりが日に日に強まっていくのは感じていたが、最近はもう、単なるイジメじゃないの、と思うことも多々ある。世間からは、広告代理店というのは社会の最先端を行っている仕事で、男女差別なんていう大時代的なものとは無縁だ、と誤解されることは多いが、まさかここまで差別があからさまだとは、さすがに麻由自身も出世してみるまではわかっていなかった。仕事が順調でもお褒《ほ》めの言葉はいただけず、それで当たり前という顔をされ、ちょっとでも失敗すればたちまち火だるま。

覚悟はしていたつもりだったが、きついな、と思う。イジメられることがきついのではない。おかしな考え方だが、麻由は、イジメの対象になることには慣れている、と自覚している。なぜなのか子供の頃から、他人とよく衝突した。自分では普通にしているつもりなのに、嫌われたり仲間はずれにされることが多かった。最近ようやく、自分が、コミュニケーション障害という、一種の発達障害を持つ子供だったのだ、とわかって来た。昔はそんな障害があることすら、親も教師も知らなかったのだ。他人の心を読み取る力が弱い、今ふうに言えば、KYってやつ。そう、麻由は、空気の読めない子供だった。だからイジメられた。日本という国はそういう国なのだと、この頃はもう諦《あきら》めている。この国では、他人と違うということは「悪いこと」なのだ。他人が心地よくなるように自分を殺すことが美徳であり、それができない人間は、社会人失格、なのである。

もちろん麻由は、そんなこと信じていない。実際、海外のプロジェクトチームと仕事をすると、そんな日本流の美徳など、屁《へ》のつっぱりにもならない、ということがよくわかる。が、それでも、自分に「他人の心を読み取る」力がもっとあれば、と思うことは多い。そうすればきっと、もうちょっと優しくしてもらえるだろう。もうちょっとだけ、みんなにかわいがってもらえるようになるんだろう。

溜め息をついて、無意識に煙草を探している自分の右手を、左手でしっぺした。

高校時代の同級生で、進路は別々だったのに、どうした縁かまた会社で同僚になってしまった、ヘビースモーカーの川上有美の顔が目の前に浮かんだ。麻由が禁煙したと知って、目を三角にして怒っていた。裏切られた、という顔で睨《にら》んでいた。

勝手な女だ、と思う。有美のように、勝手気ままに生きられたらもっと楽なのに、と、皮肉混じりに思う。

有美は一浪して大学に入り、中でも一留したらしい。麻由より二年遅れて入社して来た。そして入社早々、よく目立った。かなりユニークな人材だ、という噂《うわさ》は聞いていた。苦学生だったらしく、学生時代に数十種類のアルバイトを経験した、というのが売りだったらしい。だがそれ以外にはとりたてて、資格も特技も持っていなかった。麻由自身は、学生時代から、とにかく就職を考えて資格と勉強にいそしんだクチだ。自分が他人に好かれない性格だというのは充分に認識していたし、美人でもなくスタイルが素晴らしいわけでもなかったので、面接で試験官を魅了して入社競争に打ち勝つ自信などハナからなかったのだ。だから、たくさんの武器を手に入れることに決めて、サークル活動ひとつせずに努力し続けた。在学中にとった公的資格は二十を超え、ＴＯＥＩＣもＴＯＥＦＬもせっせと受験し、ドイツ語とフランス語に中国語まで日常会話レベルはこなせるようになった。それでも、第一志望だった最大手の広告代理店には入社できなかったのだ。最終試験のグループ・ディスカッションで、つい熱くなって、意見の異なる相手をやりこめてしまった。確証はないが、敗因はそれに違いない。最終面接まで漕《こ》ぎ着けていたこの会社の時は、呪文のように心の中で繰り返していた。

余計なことは言っちゃだめ。嫌われないようにするのよ！

有美は自分とはまったく違う。彼女は言いたいことを言い、やりたいことをやっているように見えるのに、なぜか周囲の評判が下がらない。有美自身はまるっきり気づいていないようだが、彼女は他人の心を読むのが上手なのだ。その場の雰囲気を一瞬で理解し、当意即妙に応対する。一見するとがさつで大胆で、傍若無人なやつなのに、なぜか彼女の周囲の輪は、彼女によって和《なご》むのだ。お得な性格。麻由は、有美を見るたびに、心の中に小さな苛立《いらだ》ちがふつふつと湧《わ》いて来るのを感じる。けれど不思議なことに、それでも有美のことは、正直、好きだ。やっぱりあの子はお得な性格よね。だって、何をしていても嫌われないんだもん。

でも、あの時の有美の顔は、なんだか切なくなるくらい、寂しそうだったな。たかが煙草なのに。自分が喫《す》いたいなら喫えばいいだけのことなのに。それでも有美にとっては、あの煙草と携帯灰皿が、ある意味、鎧《よろい》みたいなものなのかもしれない。

有美は人に嫌われない。けれどそれは同時に、軽く見られる、ということでもある。麻由は自分が中間管理職になってみてようやく、そのことに気づいた。誰にでも好かれる人は、出世しにくいのだ。人というのはもともと意地の悪いものなのだと思う。好きになるということ、それ自体、見方を変えると、自分よりも下だと認識した、という場合が多い。麻由自身の出世が自分でも意外なほど早かったのは、人事を左右できる立場にいる人々から見て、麻由の存在は、それなりにインパクトのあるものだったからだろう。そして、逆に言えば、有美にはそのインパクトがない。数十種類のアルバイトを経験したという入社伝説にのっかって颯爽《さっそう》と登場した割には、有美の仕事ぶりは平凡だ。本人はその平凡さを今ひとつ自覚していないようだが、そつなくまとめるだけでは広告の業界を生き抜けない。

有美の上昇志向は強い。さらに、麻由に対するライバル意識も相当なものだ。それだけ彼女は張りつめて生きていて、常にテンパッている。が、結果は彼女が望むように伴ってはいない。彼女が指に挟《はさ》んで火を点《つ》けるあの煙草の一本一本が、彼女の抱いている焦燥《しょうそう》であり、ストレスなのだ。そして有美はたぶん、麻由も自分と同じようにそうした焦燥やストレスに火を点けて喫っている仲間だと思っていたのだろう。だから、禁煙したと言った時、あれほど傷ついた顔をしたのだ。

そういう一方的な思い込み、ライバル視のようなものは、正直に言って鬱陶《うっとう》しい。麻由は、あたしはそれどころじゃないのよ、と叫びたいのを我慢している。自分の仕事だけ、自分がかかわっているプロジェクトだけ成功させればいい、それだけを目標にしていればいい有美とは違って、麻由には部下の面倒をみる、という責務が課せられている。しかも、新設部署である情報企画課の課長として、課の存続を死守するという重責まで背中に載《の》っけられている。もともと、麻由の実力を高く評価してくれている金沢《かなざわ》専務の肝入《きもい》りでスタートした情報企画課は、課の性格が明確ではないとか、実績をどう評価すべきか基準がないとか、反金沢派の役員たちからああだこうだとつつかれる対象となっていた。そこに麻由が課長に抜擢《ばってき》されて、火に油が注がれたわけだ。

それでも、仕事のことだけでしんどいのであれば、そんなことは覚悟の上だ。子供の頃から周囲との摩擦に耐えて来た麻由は、孤立することをさほど恐れていない。特に、会社は学校とは違う。成果を出して足場を固めれば、放っておいても周囲はまた近寄って来る。学校では、どんなに自分が努力しても、一度孤立してしまうと元に戻ることは難しかった。その意味では、会社の方が学校よりずっと居心地がいい。世間では、まるで小学生か中学生か、と思うような次元の低いイジメが会社でも横行し、ストレスから出社できなくなったり自殺する人が急増しているらしいが、幸いなことに麻由が勤めている広告代理店では、そこまでレベルの低い事態は起こっていない。麻由を煙たがったり、わけもなく敬遠する同僚もいるにはいるが、麻由の仕事の足を引っ張るほどの度胸はないだろう。反金沢派からの執拗《しつよう》な嫌がらせや攻撃はあっても、それは麻由個人に対する悪意ではないので対処の仕様があるし、金沢専務の社内権力は決して小さくはないので、麻由を支持したり守ったりしてくれる上司もちゃんといるし、部下に対しては最大限の神経をつかって造反されないようにしているので、今のところはみんな麻由の意図を理解し、そつなく仕事をこなしてくれている。有美がひとりよがりなライバル意識を剝《む》き出しにして来ても、今の段階では自分と有美との距離は歴然としていると思う。その点では、有美に少し同情しているくらいだ。彼女に対する人事や上役たちの評価は、たぶん彼女の本当の実力からすると低いのだろう。だがそれも、有美自身が、自分をいかにアピールするかを学ばない限りは解決しない問題だし、それも含めて実力なのだと思う。有美のように、特に努力しなくても周囲に受け入れられ、好かれる性格に生まれついてしまうと、そうした点で自分に不足している部分に気づかないのかもしれない。

いずれにしても、有美は麻由の部下ではないので、そうした有美のいわばウイークポイントも、教えてあげるタイミングは難しいし、どうやって有美を怒らせずに伝えるか考えると、めんどくさくなってしまう。

ユーミン、あんたのことはけっこう好きだけど、今のあたしには、あんたのことまで面倒みてる気持ちのゆとり、ないんだよ。ごめん。

麻由は煙草の代わりにニコチンガムを口に放り込み、舌の下に押し込んでゆっくりと舐《な》めながら、資料室のドアを開けた。

資料室は麻由のお気に入りの隠れ場所だ。最近は、会議のあとにここにこもって、会社が扱って来た様々な広告の保存ファイルをめくるのが恒例になっている。資料室にはいつもたったひとり、社員がいて、山積みになった「終わった仕事の残骸」を、丹念にひとつひとつ整理し、パソコンにデータを打ち込み、ファイルに綴《と》じている。以前は総務部の一部だった資料室が情報企画課に組み込まれて、その資料室の主・草間洋子《くさまようこ》係長は、組織上は麻由の部下となった。だが、定年まであと三、四年、という草間洋子は麻由の母親とほぼ同世代で、彼女の前に立つと麻由は、瞬時に、新入社員だった頃の自分に戻ってしまう。係長、と役職はついていても、草間洋子には部下も同僚もいない。情報企画課資料係は、社員が一名しかいないのだ。

「あら、また会議だったの？」

麻由の顔を見て、草間洋子はにっこり微笑《ほほえ》んでくれた。この笑顔を見ると、麻由は心の底からリラックスして、この会社を選んでよかった、と思う。

「はい。またイジメられました」

洋子は笑いながら席を立った。

「じゃあ、何がいいかしらねえ。ストレスを緩和するなら……セントジョーンズワート、かな、やっぱり」

洋子の趣味はハーブティー作りだ。自宅マンションのルーフバルコニーにハーブ専用のビニールハウスを持ち、自家製のハーブを乾燥させてブレンドしてハーブティーを作る。それを、資料室の片隅で電気ポットで沸かした湯でいれて、資料室に逃げ込んで来る女子社員たちにふるまってくれる。資料室はもちろん男子禁制というわけではないのだが、洋子の城にずけずけと踏み込む勇気のある男性社員はいないと見えて、資料室で男の姿を見かけたことはない。仕事で過去の広告資料が必要な時には洋子に内線電話一本かければ即座に探し出してくれ、それを自分の課のアルバイトに取りに行かせれば済むので、自分でこの部屋にやって来る必要はないのだ。

「セントジョーンズワート……聖ヨハネ、ですか」

「そう。別名、サンシャインハーブ。精神安定効果抜群のハーブよ。医学的なことはよく知らないけど、セロトニンに似たものが含まれているとかいないとか。まあそんな成分分析よりも、ずっと昔から心を落ち着けるハーブとして愛されていた、ってことが重要よね。和名は……えっと、西洋オトギリ草、だったかな。でもあんまりリラックスし過ぎて眠くなると困るでしょうから、ちょっと気分をリフレッシュさせるのに、ペパーミントを足してあげる。それから……麻由ちゃん、いえ、課長はレモングラスの香りが好きでしたよね。オレンジピールも少し入れてみようかな」

「課長、なんて、やめてください」

「あら、どうして？　せっかく貰った肩書きなんだもの、使ってあげないと。その肩書きを貰うのに、麻由ちゃん、すごく頑張ったんだもの。もっと誇らしい顔しないとだめよ」

ポットから湯が出る音がして、それからかすかに芳香が資料室を支配し始めた。

麻由は深呼吸して、かぐわしいハーブティーの最初の香りを胸に吸い込む。

「五分待ってね」

透明な耐熱ガラスのハーブティーポットの中で、草や果物の皮の破片が踊っている。

資料室はかなり広い。図書館のような本棚が縦にずらっと並べられていて、その棚にはぎっしりと、過去の広告業界に関する様々な資料が詰まっている。ラジオのコマーシャルを録音したものやテレビCMの映像など、マニアが知ったらここに盗みに入りそうなお宝もあるらしい。だがそれらの資料の全貌を把握しているのは社内でもただひとり、洋子だけだろう。洋子は定年になっても、体力が続く限りは嘱託で会社に残ると言っているし、たぶんそうなるだろう。洋子の目標は、膨大な資料をすべてコンピューターに登録して、誰でも簡単に呼び出して見られるようにすること。写真も映像も音声も、デジタルデータにひとつずつ変換し、詳細な説明と共に登録する。この仕事をするために、洋子は数年前から自腹を切って夜間のコンピューター技術学校に通い、データベース作りの達人になった。だからと言って、会社は洋子に特別手当を払うわけでもなく、給料を上げるわけでもない。すべては彼女が自分で望み、やっていることだ。役員待遇から降りて事実上引退し、この資料室にひきこもることを承知した時、洋子が会社に出した条件がそれだったらしい。会社の過去をすべてコンピューターに登録させてください。それが終わるまではぜったいに会社を辞めませんから。

もはや伝説となったセリフだ。

聖ヨハネの名のついたハーブは、麻由のささくれだった気持ちを少しだけほぐしてくれた。草や果物の飾りのない豊かさが、麻由と洋子と、資料室に納められたこの会社の歴史、広告業界の歴史をそっと包んだ。

「大変みたいね、例の中吊り広告のこと」

洋子のこの城には、会社中の噂話が集まって来る。ハーブティーで得られるつかの間の癒《いや》しを求めてやって来る女子社員たちが残していく置き土産《みやげ》だ。

「東洋《とうよう》デパートの中吊り、一渓社《いっけいしゃ》にすべて持って行かれたって？」

麻由はうなずいた。

「価格のことだけなら、なんとか取り戻せるんじゃないかって調べてみたんですけど、そういう問題じゃないみたいで……とりつくしまがない、って言うか……どうしていきなりうちが切られたのか、それがわからないんですよね。一渓社が有利な条件を提示したとしても、常識的には、まず長いつきあいのうちが同じ条件にならないかそれとなく打診して来るだろうと思うんです。少なくとも前シーズン、昨年のクリスマス商戦までの仕事は向こうも満足してくれていたし、ネットのリサーチでも好感度は高かったんですよ。一渓社は確かに、中吊りでは業界でも十指に入る実績があると思います。でも、イメージ戦略の点ではあそこは感性がちょっと古いというか、堅《かた》くて、ファッションにも食べ物にもそんなに強いとは思えないし……」

「関係あるのかないのか、わたしにはわからないんだけどね」

洋子は、少しおもしろがるような口調で言った。

「東洋デパートの今の広告宣伝部長って、以前に新宿のファッションビル、SOLID‐SOFTの宣伝部長だった人よね」

「はい。結城《ゆうき》さんですね。ヘッドハンティングで東洋デパートに移って、でももう二年以上前ですよ。わたしが宣伝二課にいた時、一度仕事でご一緒したことがあります」

「SOLID‐SOFTの現社長は、先代の次男よね。冴《さ》えない安売り専門の寄せ集めスーパーだった新宿そうま屋を、SOLID‐SOFTとして生まれ変わらせたやり手のおぼっちゃま。お兄さんは確か、経済産業省のお役人」

「そうみたいですね。でもうちは経済産業省とトラブル起こしたこともないし……」

「相馬誠二《そうませいじ》はね、ゲイだそうよ」

洋子の言葉に、麻由は呆気《あっけ》にとられて顔を上げた。洋子はクスッと笑って、ハーブティーのお代わりをカップに注いだ。

「経理の淳子《じゅんこ》ちゃん、彼女って昔風に言うと、おこげ、なのよ。今はなんて呼ぶのか知らないけど、昔っからいるのよね、ホモの男が大好きで、そばにくっついたり一緒に遊んだりしたがる子。彼女が行きつけの渋谷のスナックは、彼女みたいな女の子たちの情報交換の場所なんですって。相馬誠二はものすごいハンサムなんですってね」

「……ええ。直接会ったことはないですけど、週刊誌で顔は」

「だから淳子ちゃんたちの間では、ちょっとしたアイドルなのね。それで、彼女が仕入れた最新のネタっていうのが、その相馬誠二と結城清隆《きよたか》はずっと恋人同士だったのに、結城が相馬誠二を裏切って、お金につられて東洋デパートに移っちゃった。まあ本当のところはお金につられたってより、仕事の大きさにつられたんじゃないかってわたしは思うけど。SOLID‐SOFTが東京でいちばん売り上げるファッションビルだからって、東洋デパートとでは売り上げの規模が違うものね。上昇志向の強い男にとっては、東洋デパートからの誘いはすごく魅力的だと思う。ゲイでもヘテロでも、男性の本質は変わらないんじゃない？　わたしは男じゃないからわからないけど。自分を試す大きなチャンスと恋愛を秤にかけて、チャンスを選んだ。結城のことを不人情だと責める気にはなれないわ……」

洋子は少しだけ、視線を遠くの空に泳がせた。会社創設以来初の女性重役になり、もう少しで役員に手が届くところまで昇りつめた洋子の言葉は、さりげなく重たい。今、この小さな城に自ら望んで幽閉され、ハーブティーの香りに包まれながら会社の過去をデジタルに変える魔法をこっそり使い続けている洋子の言葉は、さらに重い。

「それでもこの二年間は、相馬と結城の確執が表に出ることはなかった。それがね、相馬はよほど結城が憎いのか、それとも傷つけられた自分のプライドを取り戻したいのか……まあ両方なんでしょうけど、東洋デパートの最大のライバル、丸藤屋《まるふじ》デパートとSOLID-SOFTの提携を発表する……らしいの。ここからはインサイダー情報だから、注意して聴いてね。しかもSOLID-SOFTをショップブランド化して、丸藤屋デパートの全店舗にSOLID-SOFTセレクションを展開する予定、なんですって。まったくおそれいっちゃうわよね、おこげちゃんたちの情報の濃さって。どこまで本当なのかはわからないけど、株屋が知ったら大変だわ。もっとも、とうの昔に株屋の間にも漏れてる情報なのかもしれないけど。淳子ちゃんから聞いた日に調べてみたけど、丸藤の株価、かなり上がってるのよ、このところ。ただ、発表のタイミングは慎重に隠されてる。それでね、ふと思い出したんだけど……一渓社って、昔は丸藤の広告、かなりやってたわよね。つまり、一渓社には、丸藤の内部事情に詳《くわ》しい人がいるんじゃないかな。逆にうちは、東洋の中吊りを一手に引き受けて来て、うちのセンスはもう、業界には知られ尽くしてる。結城は相馬の逆襲に備えて、丸藤側に知られている弱点はすべて切り捨てるつもりなのかなあ、って。うちの中吊りはそれなりに評判良かったのかもしれないけど、長い間、競争なしで東洋の仕事をして来たわけだから、油断とか惰性とかいろんな垢《あか》がついて来てたのも確かじゃない？　通常ならそこそこ良ければそれでいいけど、今は東洋にとって、と言うか、結城にとって非常時、戦争前夜なのよ。丸藤に予測のついてしまうような戦法はとれない。結城にとって、うちは、もう使えない兵器」

洋子はまたクスクス笑った。

「いやね、わたしったら、想像だけで結論づけちゃって。まあ、こんな噂もあるよ、ってくらいに聞いてちょうだい。いずれにしても、結城がうちとよりを戻す可能性はすごーく低いと思う。それこそ、結城と相馬がよりを戻す可能性よりずっと、ね。恋愛はやり直しがきくけど、戦争はきかない。東洋デパートに未練をひきずるより、いっそ、丸藤に仕掛けてみたらどうかなあ……なんてね。あ、そうだ、昨日、ちょっと時間があったんでスコーン焼いたのよ。包んであるから、持って行かない？　温めて朝ご飯にするといいわよ」

麻由が必死で洋子がくれた情報を頭に詰め込んでいる間に、洋子は白いレース紙に包んで、銀色の細いリボンで縛った包みをどこからか取り出した。

「草間さん、あの、このこと、草間さんから聞いたって報告しては」

「だめ」

洋子は指を一本立てて、横に振った。

「絶対に、だめ。わたしはもう、この部屋の中にひきこもったの。たとえ名前だけでもこの部屋から外に出るつもりはないし、会社だって、わたしがここから出ないと知っているからわたしを生かしておいてくれるのよ。ほんの少しでもわたしがでしゃばれば、すぐにクビを切られる。あるいは、そうね、わたしからこの仕事を取り上げて、関西の支社にでもとばしちゃうでしょうね。そして定年まで嫌がらせを受け続けて、そのあとはもちろん、嘱託契約なんてあり得ない。終わりよ、すべて。麻由ちゃん、あなたにだけは言えるけど、わたしはまだ戦っているのよ」

洋子はまた、少しだけ視線をゆるがせた。

「ここで、最後の聖戦に挑んでいるつもりなの。この資料室に眠ったまま埃《ほこり》をかぶっているこの会社の過去、広告業界の裏も表も隅っこも、すべてを誰でもが検索すれば見られる状態にしてしまう。過去を解放するの。解き放たれた過去の中にはね、わたしをここに閉じ込めた人たちが忘れたいと思っていることもたくさん含まれている。そうしたものを、誰もが簡単に見ることができるように、明るいところにさらしてやるのよ」

洋子は晴れやかに笑った。

2

あら、珍しい。

女将《おかみ》は入って来た女性客に会釈しながら思った。何ヶ月ぶりかしら。三ヶ月は来てなかったわよね？

「おひさしぶり、女将さん」

五十代もそろそろ後半だと本人が言っていた気がするが、見た目はもっとずっと若く見える。根元まできれいに染めた少しだけ赤みのさした黒髪は顔に似合って自然だし、着ている服の好みも若々しい。二十代、いや三十代でも、男性の目を惹《ひ》く容貌だったろう。

「ご無沙汰してすみません、これ、お土産。昨日ちょっと時間が出来たんで、焼いてみたの」

「あら、いつもすみません、草間さん」

草間洋子はもう三年ほど前からの常連だが、店に来るたびに何か土産をくれる。旅行先で買った菓子や干物《ひもの》のこともあれば、手作りのクッキーやチョコレートケーキのこともある。美人で気配りが出来て、収入も良さそうで。この丸の内という街で長い時間を生きて来た本物の大人の女性だ。女将は、ひそかな憧《あこが》れを草間洋子に感じていた。

「最近、スコーンに凝《こ》ってて。甘いのと甘くないのと作ってみたの。甘い方はオレンジピール入り、甘くない方は、ベーコンとハーブ入り」

「甘くないスコーンってあるんだ」

先にカウンターに座ってビールをちびちび舐めていた男性客、菅井《すがい》が言った。そう言えば菅井は、洋子とよく連れ立って来ていた。

「食べてみる？　シンさんにもあげようと思って、余計に焼いたから」

「俺の分は余計、かよ」

菅井が笑い、草間は菅井にも、白い包みを手渡した。

「でもシンさん、最近お腹出て来たから、これ、おやつに食べちゃだめよ。朝ご飯にしてね。ほんとはバター塗った方がおいしいけど、なくても大丈夫だから、塗らないで」

「うわあ、ようやっとひとりもんに戻ったと思ったら、今度は洋子ちゃんが俺の女房みたいなこと言い出した」

「奥さんの意見に耳を傾けなかったから、離婚ってことになっちゃったんでしょ。何日か前に良美《よしみ》から電話あったわよ。シンさんが暴飲暴食してないか、これからはあたしに監視してほしい、って。あなた、幸せだわよ。離婚しても心配してくれる元の奥さんがいるんだから」

「離婚しないで心配してくれてたら、もっと良かったんだけどな」

菅井の本音がちらっと出た。女将は、菅井の好物の、切り干し大根の煮物を小さな器に盛った。

「仕方ないわよ。良美は昔から、子育てが終わったら仕事したいって言い続けてた」

「俺、あいつが仕事するの反対なんかしてないんだぜ。ただ、俺たちの生活のリズムは変えてほしくない、って言っただけなのに」

「中途半端にしたくなかったんだと思うよ。会社をたちあげた以上、社員に対しての責任も出て来るもの、シンさんの面倒はもうみられない、そう思ったんじゃない？　それにさ……シンさん、あっちの方も、結局うやむやのまま続いてるんでしょ。良美、ちゃんと知ってたけど、孝《たかし》くんが大学を出て就職するまでは、ごたごたしたくないってずっと我慢してた」

菅井はそれには答えず、女将の顔を見て、日本酒にするよ、と言った。

永年妻を裏切り続け、浮気がばれてもその愛人と別れずにいながら、いざ妻が自分を見捨てたとなると、酒にまぎらせて愚痴《ぐち》る男。ずるいけれど、そのずるさに対する罰は受けた、ということだろうか。菅井の顔には、さびしい、と大きく書いてあった。

切り干し大根を菅井と洋子の前に置き、一升瓶を取り出す。

「とうとう言っちゃったわよ、わたし」

洋子が、ぐい呑みの日本酒をくいっと粋《いき》に飲み干して言った。

「どうして会社に居座って、みんなに哀れまれながらも資料室なんかで細々と生きてるか、その本音」

「へえ。誰にもほんとのことは言わないはずだったんじゃないの」

「そうなんだけどね、なんだかさ、ほっとけない子がいて。昔の自分にそっくりな子なの。なんて言うか、その生き方とか……切羽詰まった感じとか」

「じゃ、美人だな。美人で仕事が出来て、鼻っ柱が強い」

洋子は笑った。

「持ち上げても今夜は奢《おご》りませんよ。給料日までまだ十日もあるんだから。そうねえ、鼻っ柱の強さは昔のわたしの方が上かな。あの子は、なんて言えばいいのか……ただ気が強いっていうんじゃなくて、孤独癖みたいなもんがあるのね。たぶん、子供の頃から周囲との摩擦に苦しんでいたタイプ」

「わかるなあ、そういう子。俺もそうだったんだ。ほんと、小学生の時からクラスの問題児だったし、中学ではイジメられて、高校では無視されっぱなしだった。まあそのおかげで、たいがい強くはなったけどな、でも孤独癖は直らないな。どこか、同僚とか仲間とかって存在が鬱陶しいって気持ち、あるんだよな」

「彼女もそんな感じね。でも自分で自分の欠点がちゃんとわかってる、その意味ではとっても賢《かしこ》い子よ。だから部下からのウケは悪くない。社内に敵はいるけど、それもたぶん、最終的にはあの子が勝つって気がするな。ちゃんと、権力のある人間に認められるしたたかさも持ってるし」

「じゃあ心配いらないじゃない」

「仕事の面ではね。だけど……わたしに似てるのは……女の子としての部分、なの。どうしてなのか、恋愛に関しては演歌の女になっちゃうメンタリティ、彼女も持ってるみたいなのよ。本人は口が裂けても言わないだろうけど、クライアントのひとりとつきあってて、相手には妻子がいる。ありふれた職場不倫」

「本人が言わないのに、なんで洋子ちゃん、知ってるのさ」

「わたしの小さなお城にはね、会社中の噂話が流れ込んで来てたまるの。盆地の町に、山からおりて来た霧が静かにたまるみたいに。あんまり霧がたまると前が見えなくなっちゃうから、そういう時はハーブティーをいれるのよ。噂の霧をまとった人たちをお茶で温めてやると、霧が晴れるでしょ」

「霧って、温めると晴れるんだ」

「そうよ。朝霧も気温があがって来るにつれて晴れるでしょ。ねえ女将さん、女将さんは丹波のご出身ですよね？ 丹波って、霧が出るんでしょう？」

「あら、よくご存知ですね」

「黒豆はその霧のおかげで美味《おい》しくなるって、何かで読んだわ」

女将は、その言葉で思い出して、冷蔵庫を開けた。

「忘れてました。黒豆、また煮たんですよ。草間さん、お好きでしたわよね？」

「わあ、大好き！ 京都風の黒豆って、どうしてあんなにやわらかくて、優しい甘さなのかしら。もう大好物です」

「関東風の、お醤油《しょうゆ》を多めに入れて、びっくり水をさしてわざと皺《しわ》を寄せた、こりこりしたお豆も美味しいですよ。ご飯に合わせるなら、関東風の方が合うと思います。でも、わたしの黒豆が気に入っていただけて嬉しいですわ」

女将は、ふっくらとした黒豆を少しだけ、小皿に盛った。

「あらあ、これだけですか？　もっと食べたいなあ」

「お酒が終わられてから、またお出ししますから。少し変わったものを思いついたんです。とりあえず、お味見をどうぞ」

洋子は箸で器用に黒豆をつまみ、口に入れて嬉しそうに笑った。

「これこれ！　ほんとふっくらして、美味しい！」

「ほんとだ、やわらかいなあ。それに甘さがなんて言うか、上品」

菅井も豆を口に入れている。

「砂糖の甘さ、って感じがしないんだよね。女将さん、これ、砂糖使ってないの？」

「いいえ、お砂糖を使ってます。ただ……煮ていないんです、正確に言うと」

「煮てない？　だって、豆は煮ないと食べられないでしょう」

「ええ、お豆をやわらかくするためには煮ます。でも、味を含ませるのには煮ないんです、わたしの作り方ですと」

「あ、わかった！」

洋子が手をぱちんと打ち合わせた。

「もしかして、マロングラッセ？」

「ええ、その通りです。さすがですね、草間さん」

「なんだよ、マロングラッセって」

「だから、マロングラッセも煮てないの。栗がやわらかくなるまでは煮るんだけど、あとは煮ないで、砂糖水に漬けるのよ。少しずつ砂糖の濃度を濃くしながら、漬けては乾かし、漬けては乾かし。そうするとね、栗の芯まで均等に、しっかり甘みが入り込むの」

「じゃ、この黒豆も？」

「はい。最初に豆がやわらかくなるまでは煮ますけれど、あとはほとんど火を使っていないんです。数日かけて、砂糖の濃度を変えた煮汁に漬け込んで作りました」

「うわあ、すっごい手間だ！　さすがプロだなあ」

「いいえ、手抜きです」

女将は静かに言った。

「他にたくさん、仕込まないとならないお料理がありますから、お豆だけをじっと睨《にら》んでいることができない。それで、時間に味付けを任せてしまうんです。お鍋にお砂糖やお醤油を入れて煮立たせる。手間はそれだけですもの。あとはお豆を漬け込む。毎日それを繰り返すだけで、他は何もしません。お鍋を見張っている必要もないし、忘れてしまっても大丈夫。時間がお豆に甘みを染みこませてくれている間に、わたしは他のお料理の支度をしたり、こうやってお客様のお相手をしたりできます。ですから、手抜きなんですよ」

「そういう考え方もあるのかあ」

菅井は、箸でつまんだ黒豆をしみじみ眺《なが》めている。

「なんか俺たち、時間のかかることはみんな手間だって思っちゃうんだよなあ」

「すぐ結果を見たいからね」

洋子も、黒豆を見つめながら言った。

「黒豆を煮ると決めたら、できるだけ早く煮上がった豆が見たい。そのことだけに集中していたい……何日もかけて、途中で忘れちゃったり他のことをしたり、そういう、間を我慢できない。どうしてかしら、わたしたちの今の生活って、すべてのことがそう。子供の教育だって、目の前の受験の結果しか評価の対象にならないし、わたしたちの仕事も、問題にされるのは明日、明後日、来週……せいぜい来月の結果ばかりよ。それ以上時間がかかると、無能だとか仕事が遅いとか言われる」

「自分ですべてをしようと思うから、かもしれませんね」

女将は里芋《さといも》とイカの煮物を二人に出した。

「わあ、お芋の煮っころがし！　これも大好き！」

「このお料理も、時間に委《ゆだ》ねて手抜きで作りました」

女将は微笑んだ。

「イカは煮すぎるとかたくなってしまいます。圧力鍋を使えばやわらかくなりますけど、わたしはもっと手抜きで作ります。お芋にほとんど火が通ってからイカを入れて、あとはさっと煮立てて火を止めてしまうんです」

「それで大丈夫なんですか」

「土鍋を使えば、大丈夫ですよ。土鍋の蓋をしたまま煮立てて、すぐ火を止めて、そのままほったらかしにして家に帰ってしまうんです。あとはお芋のこともイカのことも忘れて、お風呂に入ったりお茶漬けを食べたり、録画してあったテレビを観たり。そしてゆっくり寝て、翌日、ここに来て。土鍋の蓋を開ける前に、おまじないをします」

「おまじない？」

「ええ。美味しく煮えていますように、って、手を合わせて。おまじないというよりは、神様にお願いしているのかしら」

「料理の神様に、ですか」

「さあ」

女将は小首を傾げて見せた。ポーズではなく、本当に、自分はいつも何の神様にお願いをしているのだろう、と考えて。

「……もしかしたら、時の神様に、かもしれませんね」

「時の神……クロノスですか」

「クロノス？」

洋子がうなずいた。

「ギリシア神話に出て来る、時を司《つかさど》る神様の名前です」

「あれ、クロノスって農耕の神様じゃなかったっけ」

「発音がすごく似ていたので、農耕の神のクロノスと、時の神のクロノスが混同されちゃって、神話が混ざったらしいわ。もともとは時の神クロノスは原初神、つまり、最初から神の世界に存在していた基本的な神様、ってことよね。でも農耕の神クロノスと混同されるにつれて、作物を刈り取るイメージと人間の寿命のイメージが合わさって、人の命の長さにかかわる時を司るクロノスが出来上がったんじゃないか、って。諸説、というか、いろんな区別の仕方があってね、もともとの時の神クロノスが支配しているのは、時、そのもの、つまり時間軸ね。そして農耕の神と合体した、というか、農耕の神から派生したクロノスが支配しているのは、人間の上に流れる時間、そういう区別もあるらしい」

「詳《くわ》しいね、洋子ちゃん」

「この歳になって独り者だと、読書が最大の楽しみですからね」

「女将さんのイカと里芋は、どっちのクロノスが担当してるのかな」

「それは、時間軸でしょ？」

「そうとばかりは限らないんじゃないか？　人の上に流れる時間、人の寿命みたいなもんが、女将さんの代わりに煮物の見張りをしていてくれるのかも。つまりさ、その間女将さんは自分の人生を里芋とイカ以外のことに使えるわけだよ。クロノスが、女将さんの代わりに芋を見ててくれるから。それって、時の神が人の寿命を支配しているからできること、じゃない？　だって、俺も洋子ちゃんも女将さんも、明日自分がどうなるかなんてほんとはわかっていないんだ。今夜、隕石が落っこちて来て、俺のマンションが潰《つぶ》されて俺は死んじゃうかもしれない」

「やめてよ、そんな縁起でもない」

「だけどそういうことなんだよ。明日のこと、いいや、一時間後のことだってこの世界の誰ひとり、本当は知らないで生きてる。それなのに、女将さんはイカと里芋をクロノスに任せて、土鍋を置いてここを出る。ある意味さ、それって、すごいことかもしれない。女将さんは、信じている。というか、まかせてる。人生の一部を神に預けて、まかせることが出来る、そのゆとりって言うか、余裕って、なんか、すごいよ」

「いやですよ、菅井さん。すごいなんて。余裕とかゆとりの問題ではなくて、わたし、横着なだけですから。でも」

女将はまた少し、考えた。

「さっき言いかけたんですけれど……黒豆もお芋も、自分ひとりですべて作ろう、全部自分の手柄にしようと思って料理したら、きっと、とっても大変に感じるでしょうね。ほったらかしにして他のお料理を作るなんてことできなくて、必死になって土鍋を見つめ続けてしまうかもしれません。そうなったら、お料理することも次第に苦しく感じられるようになって……こんな仕事は出来なくなりそうですね、わたしには」

「あの、女将さん」

洋子が言った。

「お金、払いますから、この黒豆を少し、わけていただけませんか。どうしてもこれ、食べさせてあげたい人がいて」

「もしかして、さっき話してた後輩の子？」

「後輩って言っても、立場上はわたしの上司なのよ」

洋子は菅井に笑いかけた。

「でもきっと、明日も会議があるから、ハーブティーを飲みに来るわ、彼女。この黒豆だったらハーブティーに合わせてもよさそうだから」

「それでしたら、ちょっと、こんなものも試してみてくださいませんか。最後にお出ししようと思っていたんですけれど」

女将は急いで冷蔵庫を開けた。

「ちょっと思いついたデザートなんですけれど……どうかしら？」

3

「わあ、これ、なんですか！」

麻由は、ガラスの小さな器に盛られたものの美しさに歓声をあげた。白くふわふわとした塊《かたまり》の中から、つやつやと黒い大粒の豆が覗いている。

「アイスクリーム？」

「ま、食べてみて。最高だから」

麻由は洋子が差し出してくれたスプーンで、白い塊と黒い豆とを一緒にすくって口に入れた。

「きゃあ、これ、チーズケーキ！　でも……すっごいふわふわ。口の中で溶けます！　それにこの黒豆、なんて美味しいんですか！　すごいです、これ。草間さん、天才！」

「残念だけど、わたしが作ったんじゃないのよ。行きつけの小料理屋の女将さんが考えたの。一見チーズケーキだけどね、これ、和菓子なのよ」

「和菓子？」

「そう。製法は教えてもらえなかったんだけど、和菓子のほら、淡雪羹《あわゆきかん》ってあるじゃない。あれの応用なんですって。それにクリームチーズと、ほんのちょっぴり感じるか感じないかくらいにゴルゴンゾーラが混ぜてあるみたい」

「そう言えば……かすかに、セクシーな風味がありますね」

「黒豆にもほんの少しお醤油が使われてるから、洋菓子のようでも和菓子のようでも、そのどちらでもないエキゾチックな異国のお菓子みたいでもあるでしょう？　まだ試作途中だって言ってたけど、これだけでもちょっとしたものよね。びっくりしちゃった。そこ、つまみも料理もけっこう美味しいのよ。京都のね、普通の家庭のおかず、おばんざいが主なんだけど」

「いいなあ、その小料理屋さん、今度紹介してください。ああ、これ、今日のハーブティーにもぴったり」

「ゆうべ真夜中まで、風味がマッチするブレンドをいろいろ試しちゃった。やっぱり中国の、凍頂烏龍《とうちょうウーロン》をベースにしたものがぴったりね。ちょっと贅沢《ぜいたく》だけど」

「なんか、すごく元気が出ました。今日もけっこう、やられたからなあ、会議で。でもこの間の情報、すごく役に立ちましたよ。会議ではさんざ罵倒されたけど、東洋デパートのことはこの際すっぱり諦めて、ライバルの丸藤屋にアプローチすべきだ、ってわたしの結論、最終的には納得させましたし。あ、でも、相馬さんがゲイだってことや、恋愛問題については喋《しゃべ》ってません。個人の秘密を暴露してまで、うちのアタマの堅い連中を納得させる必要なんて、もともとありませんから。あの人たちがなんと言おうと、情報企画課が収集した情報にはそれだけの価値があるって自信、わたし、持ってます。ゆうべも徹夜して、裏付けとりました。ＳＯＬＩＤ-ＳＯＦＴが丸藤と提携する話は、本当です」

「相変わらず仕事、早いわね」

「時間と勝負しないとやっていられないんです」

「そうね……でもね、その黒豆は……時間と戦うんじゃなくて、時間に見守られてそこまで美味しくなるらしいわ」

「え？」

「その豆、丹波篠山《ささやま》の丹波黒って豆なの。丹波篠山は霧の名所で、秋から春までは、毎朝、前が見えないくらい深い霧に包まれるんですって。このお菓子を作った女将さんの故郷らしいわ。霧が流れて丹波の土地を覆《おお》う冬があって、それから霧が晴れる春が来る。丹波篠山は、夏と冬、昼と夜の寒暖の差がとても大きいんですって。それがあの、丹波松茸《まつたけ》を美味しくする。そして黒豆も。気温の差と霧。季節と時間。そうしたものにゆっくり包まれて、少しずつ味が変わっていく。美味しくなっていく」

洋子が大きく深呼吸した。

「あなたも噂で聞いてるでしょう。わたしは……失脚した前の社長の愛人だった。愛人、って、字はきれいなのにどうして響きがこんなに汚いのかしらね。嫌な言葉。わたしは恋をしていただけよ。わたしが好きになった時、あの人はまだ社長なんかじゃなくて、若い広告マンだった。わたしたち、普通に恋愛して、そしていつか結婚すると信じていたの。でもそうはならなかった。あの人は仕事が出来過ぎて、お決まりのパターンで当時の重役に気に入られて……その重役の姪《めい》と結婚することになった。わたしたち、一度は別れたの。でもわたしはずっと思いきれなくて、あの人のことが好きなままでいた。あの人は、そんなわたしを会社から追い出したりはしなかった。その意味ではフェアな人だったのね。わたし、頑張ったわ。もう結婚はしないって決めて、それならせめて、あの人の役に立つ人間になりたい、その一心で、懸命に働いた。今でも胸を張って言える。わたしが出世したのは、あの人のお情けのおかげじゃない。わたし自身の努力の賜物《たまもの》よ。わたしの出世と並んであの人もどんどん出世して、そして社長になった。あの人は調子に乗り過ぎて不用心になっていたのね。強引に仕事をして敵を増やしていることに気づかなかった。いえ、気づいてはいても、自分は負けないと信じていた。わたしが三十をはるかに過ぎた頃、あの人は家庭問題を抱えて孤独だった。あの人と奥様とは気持ちがすれ違ってしまって、家庭内別居状態だったの。そしてわたしたち……また恋愛を始めてしまった。……愚《おろ》かだったけれど……後悔はしていない。それから何年間か、わたしたちは半ば公私混同しつつ、二人でこの会社を大きくしようと必死で働いた。……役員会議でいきなり動議が出されてあの人が解任されてしまった時、噂が流れた。不倫のあげく結婚を迫ったわたしがあの人に拒絶されて、あの人を裏切ったんだ、って。動議の理由となったあの人のテレビ制作会社との癒着《ゆちゃく》問題、その証拠となった白紙領収書とか写真とか、みんなわたしが用意して今の社長派に渡したものだって」

洋子は、クスッ、と笑う。

「もちろんデマ。誰かが意図的に流した大嘘よ。本当の裏切り者の正体を、あの人の味方だった社員に隠す為にわたしが生贄《いけにえ》にされたの。あの人はわかってくれた。わたしじゃないって、信じてくれた。でも、平社員に格下げされてまで会社に残ることなんてできないものね。あの人は独立して、小さな広告代理店を作ったけど、そこにわたしを連れて行ってはくれなかった……わたしも、連れて行って、とは言わなかったの。二度目の恋も終わったのよ。でもわたしには目標が出来た。今の社長派は、わたしをクビにすることは出来ない。わたしの手柄であの人の追い出しに成功したはずなのに、それでわたしをクビにしたりしたら、社長は人望を失う。それでわたしのクビは繋《つな》がった。でもわたしは彼らにとって、ものすごく目障《めざわ》りな存在よね。彼らはわたしを定年まで飼い殺しにするつもりで、わたしを資料室に押し込めた。それでわたしは……復讐することにした」

凍頂烏龍茶は高貴な香りと澄んだ味を持つ、烏龍茶のプリンセスだ。色も、普通の烏龍茶のような茶色ではなく、やわらかな緑色とベージュの中間の、淡い色をしている。その烏龍茶にブレンドされているハーブは、これはなんだろう。チーズの風味と黒豆とがふわりと口の中で溶けるお菓子の、繊細《せんさい》な味を殺さないよう、ごく控えめな香り。けれど、遠い国の大地の風を思い起こさせる、独特の存在感を秘めている。

「でも、どうやら、わたしの負け」

洋子は、楽しそうな表情をしていた。

「あの人を解任するクーデターを組織した中心人物は、あなたの後ろ盾になっている金沢専務よ。彼は本当に賢い人。そして……もしかしたらあの人の他にたったひとり、わたしが自分の努力で階段を昇ったことをわかっていて、評価してくれていた人は金沢専務かもしれない。わたしが資料室のデータのすべてをデジタル化して、データベースとして使えるようにしたいと申し出た時、彼は承知した。わたしはその時、それが終わるまではこの会社を辞めない、定年になっても嘱託で通い続ける、給料なんて貰えなくてもいい、と言ったの。そして、あなたが会社にいる限りは、わたしを辞めさせないように守ってくださいとお願いした。ううん、お願いしたんじゃなくて、脅迫ね。もしその条件が受け入れられないなら、経済マスコミに解任騒動の内幕をばらす、そう匂わせた。金沢専務はすべてを受け入れて、念書まで書いてくれたわ。わたしにとっては命の次に大事になった、念書。でもその時、わたしはね、自分の本当の目的を彼にさとられないよう、涙を流して演技したのよ。好きになった人が大きくしようと頑張ったこの会社の過去、歴史のすべてを、わたしの手で整理してまとめたい。それだけが望みです、って、しおらしく泣いてすがって見せた。それで騙《だま》せたと思っていた。わたしの企みは見抜けない、この会社の内幕、過去のどろどろが、社員なら誰にでもアクセスできる状態になった時、それは当然インターネットを通じて世間に漏れていくでしょう。それが復讐、そう思っていた」

「金沢専務は……見抜いてしまったんですか。そして妨害を？」

洋子は静かに首を振った。

「言ったでしょう、あの人は本当に賢い人なのよ。麻由ちゃん、あなたは幸運だわ。最高の後ろ盾を持った。金沢さんは、わたしの力をちゃんと知っていた。他の連中みたいに、ベッドの中で役員の椅子をおねだりしたなんて下世話で幼稚なことは信じていなかった。そして、わたしが今でも……あの人を愛していることも、ちゃんとわかってる。だからわたしが何をする気なのかも、お見通しなの。でもあの人は、決してわたしの邪魔をしない。それどころか、データベースのシステムにびっくりするほどの予算をつけてくれた」

「……なぜなんでしょうか」

「ここは、霧が流れて降りて来るところ」

洋子は歌うように言った。

「この黒豆を煮た女将さんがね、教えてくれたの。すべてのことを自分ひとりでしようとしたら、すぐに結果が欲しくなる。だから時間が足りない、忙しい、焦《あせ》る。そしてしくじる。あの人もわたしも、そうやって失敗してしまった。金沢さんは違う。あの人は……時にまかせてほったらかすことの出来る人。誰か他の人の手で熟成してゆくのを待って、半ば天に祈りながら生きることの出来る人なのよ。あの人は……わたしに賭けたんだと思う。もしわたしがこの資料室に眠っている、会社創設以来五十年の広告の歴史、その実績をすべてデータベースにすることに成功したら、それがどれだけものすごい価値を持つか、麻由ちゃん、あなたにならばわかるでしょう？　社員の誰でもが簡単に、過去の天才広告マンたちが積み上げて来た宝の山を探しまわれるのよ、マウスをクリックするだけで。もちろん、わたしからこの仕事を取り上げてどこか下請けに外注に出して、何千万円かかけてデータベースにした方がずっと手っ取り早い。でもそれでは……それでは、ここに眠っている資料の本当の価値がデータベースに反映されない。わたしならば、ひとつひとつの価値がわかる。どう整理し、どうインデックスをつけ、どう分類したら最も優れたデータとなるか、それが判断できるのよ。金沢さんは、それを知っている。下請けに出したら一年かそこらでデータベースは完成するでしょうけれど、それはきっと、わたしが将来完成させるものの百分の一の価値もない、使えないものになってしまう。その点だけは、わたし、自信があるの。わたしには、この会社の過去がすべて、愛する子供たちみたいなものだから。入社して三十年、わたしが愛して慈《いつく》しんだ子供たち、だからわたしになら、最高のデータベースが完成できる。金沢さんは、それを期待しているのよ。そして……そんな仕事をしているわたしが、会社にダメージを与えるような細工や、会社が表沙汰にしたくない事実をわざと閲覧可能な状態にすることは出来ないと、彼は判断した。……わたしには出来ないと、彼にはわかっていた」

麻由は、澄んだハーブティーの底を見つめた。今自分が聞いている話は、途方もない話なのだ。とてつもない、話なのだ。

「いろんな霧がここにたまって、そして、わたしのデータベースは少しずつ少しずつ、その味を増していくの。ここに引きこもってもう……十年近くが経つわ。その間にここでそうやってお茶を飲んだ女の子たちがしてくれた話のひとつひとつが、わたしに教えてくれた。わたし自身、この会社で過ごした時間が、人生の中で、かけがえのないものなんだ、っていうこと。この会社が素晴らしいとかそういう意味じゃないわよ。そうじゃなくて……働くということ、働いて懸命に生きるということ、それ自体が、かけがえのないものだ、って意味。わたしは不倫して、不倫相手と共に失脚した。しくじっちゃった。それでも、そうやって生きていた時間を何ひとつ、一秒たりとも後悔はしていないの。人は、いつも正しい選択をして生きていくことはできない。必ず間違うし、必ずつまずくのよ。金沢さんだって例外じゃない。あの人もどこかでしくじるだろうし、実はもう、何度もしくじっているのかもしれない。勝ったり負けたり、権力を得たり失ったり。でもきっと、退職して年老いて、すべてが遠い日々になった時には、懐《なつ》かしく思い出す。毎朝の通勤電車や、うるさい電話のベル、壊れてばかりいるコピー機、文句ばかり言うクライアント。いつの日か、すべては時の神様によって、思い出に変えられてしまうのよ」

「だから……だから、今は……しくじってもいい……んですね」

麻由が言うと、洋子は曖昧《あいまい》に笑った。

「いいか悪いか、わたしには言えない。でも、しくじらずに生きていくことは出来ないとわたしは思うの。だから人は、祈るのね。祈ったり信じたりして……霧が晴れる日を待つのね」

「すごく美味しかったです。ごちそうさまでした」

空の茶碗をポットの脇に置いて、麻由は立ち上がり、頭を下げた。

「またいつでもどうぞ。今度はチーズスコーンを焼いておくわ」

「あの、このお茶に何か、ほんの少しスパイスみたいな香りがしました。何が入っていたんでしょうか」

洋子は目だけで笑い、首を横に振った。

「それは秘密。でもね、ヒントをあげる。花言葉は、燃ゆる想い」

いたずら好きな妖精のように笑う洋子は、とても若く、とても美しく見えた。やっぱり洋子はこの城に住む魔女なのだ、と、麻由は思った。優しい、頑固《がんこ》な、魔女なのだ。そして毎日、ここで魔法のお茶をいれながら、呪文をキーボードで打ち込んでいる。集まって来る様々な噂を耳で聞き流しながら、こつこつと呪文を打ち込み続ける。いつの日か、魔女の呪文はその効力を発揮するだろう。

それがこの会社や金沢や、金沢にかわいがられている自分にとって、祝福となるのか呪いとなるのか、それはきっと、その時までわからないのだと麻由は思った。

気の弱い脅迫者

1

「ねえ女将《おかみ》さん、それってストーカーですよね、つまり」

すでにかなり酔っている常連の男性客が、隣りに座った別の客の肩をぱんぱん叩《たた》いて言った。

「こいつ、女にストーカーされてんすわ。色男はやっぱそういう目に遭《あ》うんだねぇ。ストーカーなんてもん、滅多《めった》にいるもんじゃないと思ってたけど、いるんだねぇ」

「まだストーカーかどうかわからないですから。何かぼくに用事があるのかもしれないし」

「用事があるならおまえの顔見た時に言うだろうよ。なんでおまえの顔を見るなり、なんにも言わないで逃げ出すんだよ」

「だから、ぼくだってわけがわからないんですよ。ぼくなんかにストーカーするほど執着する人間なんて、考えられないし」

「何か、心当たりはないんですか」

女将は、小皿に盛ったハルシメジの燻製《くんせい》を二人の前に置いた。

「たとえばセールスの電話か何かを、忙しくて話を聞かずに切ってしまったことがある、とか」

「お、これなに？」

　酔った常連の方が燻製を口に入れた。

「おお、美味《うま》いな、これ。イカみたいな味だけど……なんかイカと違うし。貝か何か？」

「それ、きのこなんですよ」

「きのこ？　だってこれ……魚介類みたいな、いや、肉みたいな風味もあるし」

「ハルシメジ、というきのこです。今頃だともう少し遅いんですけど、四月くらいによく出るらしいですね。山梨県の知り合いが燻製にして送ってくれました」

「ああ、燻製か。だからイカっぽい風味なんだ」

「このきのこ、生では食べられないんだそうです。弱い毒があるらしくて。でも火を通すと大丈夫で、人気があるんですって」

「八百屋では買えないよね」

「ええ、人工栽培はまだ、されていないみたいですね」

「酒に合う風味だなあ。きのことは思えない。それはそうと、女将さん、なにそれ、セールスの電話がどうしたこうした、って」

「以前にうちの常連さんが、そういうストーカーにつきまとわれたことがあったんだそうですよ。英語の教材か何かの売り込み電話がかかって来て、たまたま来客があった時だったので適当にあしらって電話を切ったんですって。そしたら翌日から無言電話がかかるようになった。でもまさか、電話セールスの相手がやっているなんて思わなかったので、いちおう警察には届けたけど電話番号を変えてしまったので、それからしばらくは何もなかったんですよね。それが、また少しして、今度は郵便受けにネズミの死骸、あらごめんなさい、食べ物の前で」

「いや、大丈夫。ネズミの死骸が郵便受けに入ってたんだ！」

「ええ。他にも、よくある手口ですけど、頼んでもいない出前のことでピザ屋さんや蕎麦《そば》屋さんから確認の電話があったとか」

「最近は、不自然な数の注文は確認するんだね」

「そうみたいですね。それでこれは、嫌がらせされてるんだ、って怖《こわ》くなってまた警察に相談したんだそうです。それで地域の交番がパトロール回数を増やしてくれたとかで、ある日、犯人が布に灯油をしみ込ませたものに火をつけて郵便受けに投げ込んだところをパトロールの警官が捕まえたんですって」

「わあ、遂に放火か！」

「その方のマンションの郵便受けは密閉されてはいなかったそうですけど、金属なので燃えるものがなくなったら自然に消火しただろうと警察の人には言われたそうですけどね。まあ本気で放火しようとしたというよりは、やはり嫌がらせでしょう」

「それにしてもすごいな。それがその、教材のセールスの電話して来た奴が犯人だったんだ」

「ええ。相手はまだ三十代の女性だったそうです。被害に遭われた方は、今では同情してるっておっしゃってました。その女性、離婚して、仕事も何度も変わって、やっと電話セールスの仕事に就いたけれど成績は伸びなくて、きっとストレスがたまっていたんだろう、って。電話での言葉の何かが気に入らなかった、何かが、その女性の神経を逆撫《さかな》でしてしまったんだろう、って」

常連客は酒の追加を頼んでから、連れの男性の肩をまた叩いた。

「な、だから俺が言ったろ。ストーカーってのはどんどんやることがえげつなくなってくんだ、おまえも放火なんかされるようになったら大変だろうが。今のうちになんか対策、考えた方がいいぞ」

「はあ」

連れの客は初めて見る顔だった。常連客の方は、連れの上司か大学の先輩か、そんな感じだろう。

「でも……ほんとにストーカーなのかなあ。嫌がらせはされたことがないんですよ」

「無言電話はあったんだろ？」

「ええ。でも、無言電話には違いなかったけど……そんなに回数は多くないし……」

「無言電話なんてのは悪質なんだから、回数が少なくたってタチが悪いんだよ」

「でも郵便受けにネズミは入ってません」

「そういう問題じゃねえって。どうしておまえはそう、人がいいんだろうなあ、昔っからそうだ。人がいいってのはまあ悪いことじゃないだろうけど、程度問題だぞ。女将さん、ちょっと言ってやってくださいよ。こいつはほんと、いいやつなんだが、いいやつ過ぎて損ばっかりしてんだよ。こいつが入社したばっかりの頃に俺が直属の上司になったんだが、こいつはいつもひとりで残業しててな、よっぽど仕事がのろいか要領が悪いか、いずれにしたって使えねぇ男だと思ったもんだ。けどよくよく観察してみると、こいつは自分の仕事はさっさと終わらせて、あとは他人の面倒ばっかみてんだよ。それも出しゃばって面倒みてんじゃなくて、いいように使われてんだな。みんなこいつの人がいいのにつけこんで、自分は楽をしようとする。それに気づいたんで、おまえそんなことじゃ長続きしないぞ、新人のうちはいいが、仕事が増えて来たらいつかパンクする。他人の面倒なんかみてて自分の仕事がやりきれなかった、なんてのは、会社では一切通用しないんだぞ、ってね、説教したんですよ。そしたら女将さん、こいつはなんて言ったと思います？」

「さあ……」

女将は、はしりのじゅん菜をやわらかな味の酢に入れたものを、古いガラスの冷酒盃に浮かべて出した。

「酢の物です。つんと来ないお酢を使ってますから、どうぞ、そのまま飲むようにして食べてください」

「わあ、じゅん菜だ！」

それまで、女将が出したものを何も言わずに食べていた連れの客が、嬉しそうな顔になった。

「お好きですか、じゅん菜」

「はい、大好物です。でも高いですよね、瓶詰めでも、ひとりもんが買うような値段じゃないし。だけど不思議だよなあ。昔っからこれ、なんでこんな、ゼリーみたいなもんがくっついているんだろうって、不思議で不思議で」

「そうですねぇ、そう言われれば、ほんとに不思議」

「このちっちゃいのが、何かの芽なんでしょう？」

「水草の仲間だと思います。ええ、新芽の時だけ、この透明なぬるっとしたものに包まれているようですね」

「やっぱり、このぬるぬるが、新芽を守ってるのかな。金魚とかに食べられちゃわないように」

「おまえ、そんなことどうでもいいだろう。たとえそうだとしてもだ、そのぬるぬるがあったせいで、人間がこれを食べるようになっちゃったんだから」

「はあ」

連れの客は、常連客の無茶な論理に真面目にうなずいている。本当に人がいいみたいだ、と女将は微笑《ほほえ》ましく思った。


「でね、女将さん」

常連客、藤田《ふじた》という名字だけは知っている男は、話題が自分の話から横にそれたことが気に入らないのか、聴けよ、という感じの声で言った。

「こいつはそしたら、こう言ったんですよ。ぼくはまだ、誰かの面倒なんてみれません。みんながぼくでもできそうな仕事を選んでくれるんで、それを一所懸命やって、早く慣れたいです。だってさ」

藤田は大きな声で笑った。

「ね、こいつ、ズレてるんだよ。ほんとズレてる。自分がね、他人に利用されていることに本気で気づいてなかったんだから。ある意味幸せな奴だな、と思ったよ、俺は。こういう性格の人間なら、他人を恨《うら》むなんてことはしないで生きていかれるんだろうな、ってね。それからだよ、こいつのことがなぜか気になって仕方なくって、こいつがちゃんとやれてるか、そればっかり気にするようになっちゃったのは。不思議なもんだよね、それまでの俺はさ、男の仕事ってのはこう、ズバッと割り切ってどんどん前を切り開いて、障害物があったら蹴倒してでも前進する、そういうもんだと思ってたし、他人に同情してる暇《ひま》があったら自分の心配をしてろ、ついて来れない奴はおいていけ、ってな感じだったわけ。営業ってのは女将さん、そういうもんでしょ?」

女将は微笑んだままでうなずいた。別に藤田の意見に賛同したわけではない。女将自身には、会社勤めの経験、というのがごく若い頃の数年間しかなく、それも将来の夢を叶《かな》えるためにパリに行きたい、その資金稼ぎと割り切っていた。そこの仕事で出世しようとか、何か役職に就きたいとか、そんなことはまったく考えなかったし、とりあえずクビにならないように働けばそれでいいと思っていた。気にかけていたのは、毎月振り込まれる給与の額と、貯金の残高だけ。当時の同僚の顔も名前も、即座には誰ひとり思い出せない。つまり自分は、会社勤め、というものがどういうものなのか、まるで知らないのだ、と女将は思う。ましてや、営業とはどういうものかなどという問いには、答えになる言葉など持っていなかった。

それでも、藤田が言わんとしていること、なぜ、天然ボケのような答えを返して来たこの連れの男性のことが気になって仕方なくなったのか、そのあたりはなんとなくわかる。

たぶん藤田は、この連れの男に「虚《きょ》をつかれた」のだろう。思ってもみなかった答えを返されて、自分の持つ価値観にゆらぎをおぼえたのだ。

他人にいいように使われていたら自分が損をするだけだ、と忠告した藤田に対して、連れの男性は、藤田が示唆《しさ》したこと自体が存在しないものであるかのごとく答えたのだ。

悪意から身を守れと忠告したのに、悪意ってなんですか？　と訊き返される。それは、いつも悪意の存在におびえて、それと戦うことばかり考えていた人間にとっては、衝撃的なことなのだ。

「とにかくな、女将さんが言ってたみたいな、何か心当たりってのはほんとにないのか、おまえ」

「……何度も考えてみたんですが……わかりません」

「その、電話セールスをガチャンと切ったとか」

「ひとりもんなんで留守が多いですから、電話はずーっと留守電になってるんです。家にいる時でも、相手が誰かわかってから出ます。セールスの電話に応答したことってないんです」

「なんか訪問販売に来たやつを追い返したとか」

「うーん、来たことないですよ。ぼくんとこオートロックだし」

「女に告白されてフッたとか」

「ぼくはモテないです」

「いくらモテなくたって、一度くらいはフッたことあるだろうが」

「いえ、ないです。つきあっていた女の子から、別れましょう、って言われたことは二回あります」

「それは信じられねえ」

藤田が連れの頭をはたいた。

「女将さん、この男どう思います？　こいつ、顔は悪くないでしょう」

「はい。とても素敵だと思います」

お世辞ではなく、女将はそう言った。連れの男は、端整な顔立ちのなかなかの美男子だ。確かに、女性にフラれたことしかない、というのは、ちょっと信じられない。だが当人は、当惑したように首を傾げていた。

「本当なんですよ。ぼくは……自分から好きになった子にちゃんと打ち明けたことがなくって……でもなんとなく、好きだな、と思っていたら向こうから、つきあって、って言われてそれでつきあった子が二人いて、でも二人とも、しばらくしたら他の男性が好きになっちゃって」

女将は、うっかりふき出しそうになったのを後ろを向いて隠した。この男性は、本当に不思議な人だ。この人の人生にはまさに、何の憎悪も存在しないのかもしれない。この人の感性はとてもにぶいのか、それとも、とてもとても繊細《せんさい》なので、傷つかないように鈍感になってしまったのか、どちらなのだろう。

それにしても、ストーカーとはあまり穏やかではない。女将は思い出した。以前にこの店、ばんざい屋でも、客の男性に執着した女性が、危うく刃物を振り回す寸前までいったことがある。咄嗟《とっさ》に止めることができて事なきを得たが、自分が拒絶されたことを受け入れられない人の業《ごう》は、拒絶した側には想像もできないほど深いものがある。

女将は少し不安になった。この男性客は、世の中にふつうに存在している悪意に対して鈍感だ。自分を取り巻いている人々の中にも悪意が存在し得る、ということを信じようとしない。
心当たりがない、と言っていても、実際にはどうなのか。自分でそれと気づかないま
ま、誰かの気持ちをささくれさせていた、ということが、本当にないのだろうか。
自分の中にやましさを持つ者ほど、無垢《むく》や純粋なものに触れると苛立《いらだ》ちをつのらせる。
「具体的には、無言電話だけですの？」
女将は、焼き上がった塩鯖《しおさば》に大根おろしを添えて二人の前に置きながら訊いてみた。
「先ほどのお話からすると、留守番電話に無言の録音が何回かあった、ということですわ
ね」
「はい、そうなんです。留守電が嫌いだから伝言なんて残さないって人はけっこういるけ
ど、そういう人はたいてい、留守電のメッセージが流れたらすぐに切るじゃないですか。
でも、十秒くらいなんにも音がしない録音が、三、四回残ってたんですよ」
「最近はコンピューターと電話が繋がっているので、いろいろとシステムのトラブルなど
もあると聞いていますけど」
「ぼくも、そういうのかな、と思ったんですけど、ちょっと違うんですよね。伝言は残っ
てなかったけど、気配はするんです。その……人がいる気配、っていうか」

「ああ……息づかいとか？」

「はい、それと、カタン、と小さな音がしたり。何か落としたとか、何かに手をぶつけたとか、そんな感じの。それで、これはよく新聞なんかに載ってる、無言電話、ってやつなのかなあ、って、ちょっと思って。でもそんなに頻繁に録音されてるわけでもないし、留守電に無言の録音が残っていたって消せば済みますから、別にどうでもいいか、と」

「どうでもよくはないだろう、どうでもよくは。おまえ、さっきの女将さんの話、聞いてなかったのか？　ほっといたらそのうち、刃物持って追いかけ回されたり、家に火をつけられたりするんだぞ」

「電話の他は？」

女将は、二人の空いたグラスにビールを注ぎながら訊いた。

「他に嫌がらせのようなことはなかったんですか」

「嫌がらせって呼べるのかなあ」

男は他人事《ひとごと》のようにのんびりと言った。

「別に実害はなかったんですよ。ただ、どうしてこんなことするのかなあ、って不思議だったことが」

「こいつのね、上着が盗まれたんですよ」

「いや、盗まれてはいませんよ。すぐ見つかったんですから」

「だって、おまえが置いといたとこにはなかったんだろう」

「そうですけど……あ、すみません女将さん。ちゃんと説明しますね。ぼく、たまに残業とかなくて定時で帰れた時、外に飯食いに行ったついでに、バッティングセンターに寄るんです」

「こいつね、うちの会社のチームでレギュラーなんですよ」

「レギュラーって、うちの野球部は十三人しかメンバーいないんですから、みんなレギュラーみたいなもんなんです」

「でも社会人野球のチームでしたら、すごいじゃないですか」

「そんなもんじゃありません。草野球に毛が生えたくらいのもんです。でもまあ、日曜日の練習にはできるだけ出るようにしてるんですけど、残業とか続いちゃうとくたびれて、日曜くらい寝てたいなんて思ったりすることもあって、気がついたら一ヶ月もバット振ってなかった、なんて時もあるんです。それで身体《からだ》がなまっちゃうといけないから、たまにね、振りに行くんです。それで、ぼくんとこの近くにあるのは小さいバッティングセンターなんで、コインロッカーがないんですよ。上着を着たまんまじゃバット振りにくいですから、脱いで、店のカゴに入れて見えるところに置いておくんです。もちろん財布とか携帯なんかは、盗られると嫌なんでジーンズのポケットに押し込んでからだから離さないようにします。でも、安物の、それも古いジャケットなんか誰も持って行かないと思うから、カゴに入れて順番待ちする為の廊下に置くわけです。廊下からバッターボックスのあるところはガラス越しに見えるんです」

「あら、ガラスで仕切られているんですね」

「ええ、もちろんネットもあって、ボールはガラスに当たらないようになってますよ。でも何しろ小さなとこなんで、バッターボックスの付近にはカゴを置いておくスペースもないんですよ。それでみんな、廊下に出すわけです。貴重品は中に持って行け、ってちゃんと注意書きがあるんです」

「そのカゴに入れてあったジャケットが、なくなったわけですね」

「そうなんです。三十分くらい打って、帰ろうとしたらカゴが空になってて。それで店の従業員に訊いたけど知らないと言われて。あまりしつこく訊くと、追い出されるかもしれないと思ってその日は諦めて帰りました。ほら、ああいうとこでは、荷物の紛失には店は一切責任負いませんとか書いてあるじゃないですか。イチャモンつけてると思われたら嫌だな、って」

「なのに、その上着がね、その店の外に吊《つ》るしてあった、って言うんですよ、女将さん。

そんなの嫌がらせに決まってんじゃないですか、ねえ」

「外に、って、路上にってことですか」

「まあ、そうです。でも街路樹のいちばん下の枝にひっかけてあったんで、別に汚れてはいなかったです。だけど……どうしてそんなとこにあったのか」

「上着が勝手に歩いて自分で枝にぴょんと飛び乗るわけがないんだから、誰かがわざとそうしたに決まってるよ」

「でも藤田さん、そんなことしてどんな意味があるんです？　ジャケットが破かれていたわけでも踏まれていたわけでもないのに。嫌がらせなら、踏みつけて汚すとかビリビリに破くとか、いろいろやり方はあるのに」

「わざと中途半端にしてんだよ。その方が不気味だろう」

「いやでも……」

男は首をひねっている。

「ぼくは別に、腹も立たなかったしなあ」

「おまえが変わってるんだ。普通の人間だったら自分の持ち物を勝手にあちこち動かされただけで腹が立つ」

それはそうだ、と女将も藤田に心の中で賛成した。上着が汚されていなかったとしても、カゴから許可も得ずに持ち出して外の木の枝に吊るしたのだから、怒るのが当然だ。が、確かに嫌がらせというには、半端というか、効果が曖昧《あいまい》過ぎる気もした。怒らせることが目的ならば、やはり上着を汚すか破るかしただろう。店から持ち出して外の木に吊るす、というだけでは、何がしたかったのかよくわからない。

それでも男の方は、まだ首をひねっていた。

実際、留守番電話に三、四回の無言電話があったことと、服が移動していたこと、その二つだけで警察に相談しても相手にして貰《もら》えないだろう。無言電話と上着の件が繋がっているのかどうかもわからないのだ。無言電話はただの間違い電話だったかも知れないし、上着のことは勘違いで、店に入る前に脱いで持っていたのを路上に落とし、誰かが拾って枝にひっかけてくれた、そんなようなことなのかも。この二つだけでストーカーの存在を警察に信じさせるのは無理だ。

男もそのことを考えているらしい。

「大袈裟だって怒られますよ、警察になんて相談したら」

と、自信なさそうに言った。

「怒られたりはしないと思いますよ。今はそういう時代ですから、些細《ささい》なことでも事件に発展するかもしれないと、警察も昔よりは神経質になっていると思います。ただ……やはり、それだけでストーカー事件だと認めて貰うのは難しいように思いますね」

「それだけじゃないんですよ」

藤田が空のコップを持ち上げたので、女将はビールを半分だけ注いだ。藤田はそろそろ飲み過ぎだ。

「こいつはね、ストーカーの姿をちゃんと見てるんです」

「いや、藤田さんそれは」

「見たって言ったじゃねえか、おまえ」

「ストーカーかどうかわかりませんよ。ただその、ぼくのマンションの前に立ってた人が、ぼくの顔見るなり駆け出して逃げちゃったってだけで……」

2

妙な話だった。

藤田の連れて来た客がその女に気づいたのは、昨日の夕方のことだったらしい。

日曜日は野球の練習に千葉にある会社の運動場まで出かけ、帰りはチームメイトと夕食を兼ねて軽く飲み会をする、というのがだいたいのパターンで、だから夕方に部屋にいることはあまりなかったようだ。だが先週は土曜出勤があり、平日も残業続きでくたびれてしまった男は、練習を休んで部屋でごろごろしていた。そして夕闇が迫る頃になってようやく、空腹を感じて買い物に出かけた。

コンビニからの帰り道、男はその女の姿を見つけた。オートロックのマンションなので、郵便受けは投入口がエントランスの外側にある。男の部屋番号が付いた投入口に、女は手を入れようとしているように見えたらしい。

男は、ごく当然の反応だが、女に声をかけた。すみません、そこは僕の部屋なんですけど、何かご用ですか？

女は振り返った。が、次の瞬間には逃げるように駆け出して、呼び止める間もなく角を曲がって消えてしまった。男は女の顔を見たのだが、呆気《あっけ》にとられてしまって、ほとんど憶《おぼ》えていないと言っていた。それに女はサングラスをかけていたらしい。初夏というよりそろそろ梅雨《つゆ》の今頃の季節、サングラスをかけているのは別に不自然なことではないが、他人の部屋の郵便受けに手を入れようとしていた女がサングラスをかけていた、となれば、何か自分の顔を憶えられてはまずいことをしようとしていた、と勘ぐられても仕方ない。

だが男が郵便受けを開けてみたところ、別に何の異常もなかったという。ネズミの死骸もゴキブリの死骸も入っていなかったし、放火の形跡もまったくなかった……

無言電話。

ジャケットの盗難と出現。

挙動不審な女。

確かに、三つ揃うと裏に何かありそうだ、という気はしてくる。だが藤田が言うように、その女はストーカーなのだろうか。

店での結論は、結局出なかった。藤田はストーカー説に固執して警察に行けとすすめたが、藤田の部下……名刺は貰わなかったが、竹下《たけした》、という名字であることはわかった……は、はい、とはとうとう言わなかった。

確かに竹下は人のいい天然ボケ気味の男らしいが、それでいて実は、かなり頑固《がんこ》で自分の意志は最後まで貫く人間なのではないか、と女将は思った。

竹下は、不安ではあるが、警察の手を借りたいとは思っていないのだ。

だが、何もしないでいるのはよくない、と女将も思う。ストーカーかどうかは別としても、郵便受けに手を入れようとしたというだけで、充分警戒に値する問題だ。

ふと、好奇心が湧いた。竹下のマンションのもより駅が、女将が暮らしているアパートのもより駅と同じ路線にあるということは、二人の会話から判った。もちろん、マンションの場所などはわからない。だが、女将が見てみたいと思ったのはマンションではなかった。

女将は電話帳をめくった。

＊

誘いたい人はいたけれど、女将はあえて、ひとりで来た。

バットを手に持つのは何年ぶりのことだろう。

高校時代、ソフトボール部で白球を追いかけていたあの頃のことは、長い間思い出すこともなかった。

故郷の町で過ごした日々は、もう永遠に手の届かない遠い遠い夢のようなもの。

女将は左打ちだった。自分がどちらの側に立って打っていたのか、咄嗟《とっさ》には思い出せなかったのだが、バットを持つと自然にからだが、馴染《なじ》んだ方向に向いた。だが左打ち用のバッティングマシンはひとつしかなく、先客がいた。空くのを待っている間、女将は狭い廊下を端から端まで歩き、ガラスの壁越しに、楽しそうにボールを打っている人たちの背中を眺めた。

誰も上着は着ていない。いくらか肌寒い小雨の午後だったが、みんなTシャツやランニングシャツ一枚だ。廊下には風呂屋の脱衣カゴに似たものが並んでいて、中にぞんざいにジャケットや長袖のシャツなどが入れられていた。

ふと違和感をおぼえる。

バッターボックスと呼べばいいのか、客が球を打つスペースは五つある。そのうち、左端だけが左打ち用だ。カゴの数は……四つ。左打ち用のドアの前にはカゴは出ていない。中に人はいるのに……

女将はそっと、ガラス越しに左打ち用のスペースを覗き込んだ。

思った通りだった。

廊下は左奥が突き当たりで事務室、と書かれている。右端は、受付や、バットのレンタル、両替をする部屋へと繋がっている。その部屋でバットを借りてそれぞれのスペースに入り、機械にコインを入れると、球が一定量だけ発射される。バットを借りるのは無料だが、保証金として千円を預けなくてはならない仕組みだ。自前のバットを持ち込む人もいるだろう。

右打ちのスペースが二つ空いていた。そこも覗いてみる。矛盾はなかった。空の脱衣カゴがドアの内側に置いてある。

女将は右端のドアから、バットを借りた受付に戻った。

「あの、先週なんですけど、主人が上着をここに忘れて帰ったみたいで。ありませんでしょうか」

「忘れ物ですか?」

女将がうなずくと、受付をしていた若い女性は即座にカウンターの下から段ボール箱を引っぱり出した。

「どんな色のですか?」

「あの……紫色なんですけど」

まさかあるまい、と思って選んだ色だ。

「あ、そんな色のはないですねえ」

やはりなかった。

「念のため、その箱見せていただけます？　主人の言うことだからあんまりあてにならなくて。もしかしたら別の上着を着ていたのかも」

断られるのを承知で言ったことだったが、受付の女性はあっさりと、箱を持ち上げてカウンターの上に置いた。

「どうぞ、見てください」

アルバイトに細かい教育はしない主義の店らしい。女将は微笑んで礼を言い、箱の中を見た。ジャケットが一着とGジャンが一着。衣類はそれだけだ。あとは野球帽が三つ、折りたたみ傘、キーホルダー……

「ありがとうございました。やっぱりないみたいです。きっと主人、他の店に忘れて来たのね」

女将は、また廊下に戻った。タイミングよく左打ちのスペースから客が出て来る。

女将は中に入り、コインを機械に入れた。

白球が飛んで来る。バットを振る。うまくスイングできなかった。ふらふらとバットの先が波打っているのがはっきりわかった。それでも、まぐれのようにバットは球に当たり、数メートル飛んで弾《はず》んだ。

女将は次の球が来るまでの間、素振りをした。ひゅん、と空気が切れる小気味良い音がした。

一瞬、空気が切れたその隙間に、あの頃の匂いを感じた。

グラウンドの土の匂い。自分の汗の匂い。バットの匂い。グラブの匂い。太陽の匂い。

また白球が来る。

今度は空振りした。思いっきりからだをまわしたので、足元がふらついた。それでも倒れずに踏みとどまる。

今度は景色が見えた。

白く乾いたグラウンドところどころ掘り返されたように黒くなった地面。ホームベース。

友だち。

三球目は打ち返せた。せいぜいピッチャーライナー。それでもバットが球を弾いた感覚は壮快だ。

過去は捨てたと思っていたけれど、過去に捨てられたのは自分の方なのかもしれない。

過去に謝れば、またあの光景が見え、あの匂いが感じられるだろうか。

あの青春の日々を、少しでも取り戻すことが、できるのだろうか。

3

「ストーカーじゃないと思うって……何か心あたりがみつかったんですね？」

数日して、ふらりとひとりで入って来た竹下は、カウンターに座っておしぼりを手に取るなり、藤田と来た時にした話は、どうやらストーカーなんかじゃなさそうだ、と自分から言い出した。それを説明したくて、来たんだ、と。

「あ、でも本当は、また食べたくて。じゅん菜」

女将は微笑んだ。

「今日は赤出しの実にして、締めにさしあげようかと思うんですけど……先に召し上がるのでしたら、また先日と同じ酢の物になってしまいます」

「両方、ください」

竹下は元気な声で言った。

「酢の物も、最後にご飯とじゅん菜の赤出しも」

「ほんとにお好きなんですね」

「はい。藤田さんは、あのぬるぬるがあるから人間に食べられちゃうんだ、なんて言ってましたけどね、あれからぼく、考えてみたんですよ。水草にだって、新芽がぬるぬるしてないのはあるわけでしょう？　あんなふうにぬるぬるがついてないとダメってことはなかったはずです。それなのになんでぬるぬるになっちゃったのか。ぼくね、それがじゅん菜の選んだ道なんだ、と思ったんです。生き物は全部、自分たちが選んだ道を歩いてるんだって。それが個性、なんです。ぼくは変な奴だってよく言われるんだけど、どうしたわけか、変だっていいじゃないか、としか思えない。ああしろこうしろと言われても、ピンと来ないんですよ」

竹下は、女将がさっと作って出したじゅん菜の酢の物を、本当に美味しそうに目を細めて食べた。

「ああ、なんでこんなに美味いんだろうなあ。こんなぬるぬるしてるもんが。でもつるっと喉を通るこの感触がいいんですよ。あ、そうだ、さっきの話ですね。あれね、猫でした」

「……猫？」

「はい、無言電話です。猫が犯人でした。無言電話だから当然、非通知でかかって来てると思い込んでたんで調べてみなかったんですけど、着信履歴を印刷してみたら、無言電話があった頃に友人から電話が入ってるんです。でもぼくは出た記憶がないし、留守電も聞いてない。それで連絡してみたら、電話なんかしてねえよ、って言われました。二人で飲みながら、どうなってんだ、ってあれこれ討論して、それから不意にそいつが思い出したんです。そいつんちの飼い猫が、よく、テレビのリモコン押しちゃって、誰もいない居間で突然、大音量でテレビが始まったりする、って。パワーボタンだけじゃなくて、音量も押しちゃうんですね、リモコンの上を縦に歩くから。もしかして、おまえんちの電話、受話器とらないでもかかるやつじゃね？　って訊いたら、そうだって。つまり猫が、そいつがいない時にボタン押して、ついでに短縮ダイアルのボタンも押しちゃって、電話が繋がっちゃったんですよ」

「でも、電話は切れるんでしょう？」

「よく調べたら、向こうから切れたのは一回だけでした。あとは留守電の録音時間いっぱい、繋がってました。ぼく、ろくに聞かないで、あ、無言電話かな、と思って消しちゃってたんで、二十秒も繋がってたとは思わなかったんです。切れた一回は、猫がパワーオフした、それだけのことですよ。これで解決です。ストーカーじゃありませんでした」

「でも……あの、バッティングセンターや郵便受けのことは？」

「はい、ひとつ誤解だったわけですから、きっと他の二つも何かの誤解か錯覚か、ちゃんとした説明がつけられると思うんです。もともとぼくが気味が悪かったのは無言電話がいちばんで、上着なんてどうでもいいし、郵便受けも、考えたらあの差し込み口って一度入れたら中のものが引き出せないように、角度が付いてるんです。だから何も盗られてないわけで、だったらそれもどうでもいいし」

女将は思わず、声に出して笑ってしまった。

「竹下さんって……とても素敵な方ですね」

「素敵、ですか？　ぼくが？」

「ええ、素敵です。とても……個性的だと思うわ」

「個性的、かあ。うーん、じゅん菜のぬるぬると一緒ですね」

「ええ、一緒です。他の食材では決して代えることができない、唯一の個性。あのでも……もしよかったら、わたしの推理も聞いていただけません？」

「推理、ですか？」

「ええ。実はわたし、竹下さんのお話を伺って、自分もバッティングセンターに行ってみたくなっちゃって。昔、ソフトボールを少しやっていたものですから。そこにはちょうど、竹下さんのお話にあったみたいな、私物を入れておくカゴがあったので、ちょっと思いついたんです。もしかして、左打ち用のところがいちばん端にありませんでした？」

「え？　どうだったかなあ。ぼくは右打ちなんで……あ、でもそうだ、ありましたね。うん、あったあった。左打ちのがひとつあったな」

「わたしが行ったお店がそうだったんですけど、そこだけ少し他より広くスペースがとってあって、私物を入れて置く棚みたいなものが付いていました。右打ち用と左打ち用を仕切ると背中合わせになりますから、普通は必要なスペースがいらなくなるんですね。その分、端っこに余裕ができて、そこだけ棚が作れたんじゃないかと思います」

「へえ……そうなってたんだ」

「いえ、お店が違いますから、同じとは。でもそういう可能性はあると思うんですよね。それでもし、左打ち用のところに入って上着を脱いだ誰かが、棚に上着を入れたことを忘れて廊下に出たとしますよね。ところが、隣りのドアの前に出してあったカゴの中に自分の上着が入っているのを見たら」

「え？　だって棚に……」

「色も形もよく似ていたら、ということです。そうですね、たとえば……ベージュ色の麻のジャケットとか」

「たとえばですわ、たとえば。ほとんど無意識に、カゴの中の上着が自分のものだと錯覚して、羽織ってしまう、ということもあり得そうでしょう？」

「ああ、それはあります。ぼくもよく、居酒屋で靴や傘をやっちゃいます」

「そのお客さんは、外に出るまで自分の間違いに気づかなかった。で、店の外に出て、煙草か何か探してポケットに手を入れて、それでやっと間違いに気づいた。でもその時、その人は、あ、俺は上着を着て来なかったんだ、と勘違いしてしまう。運動をしたあとで体温が上がっていれば、肌寒さは感じないと思いますから、上着を着て来なかった、という思い込みもしやすいんじゃないかと。でも店に戻って、着ている上着を返すのはなんだか決まりが悪いし、盗んだと思われると困る。どうしようかな……」

「なるほど！　それで、適当に木の枝にひっかけた！」

「そうしておけば、店を出た人がすぐに気づくだろうと思ったんでしょうね。実際に、竹下さんはすぐ気づかれて、実害はなかったわけです」

「はあー、すごいな、女将さん！　名探偵みたいだ」

「全部、ただの想像です。まあこんなこともあるかな、って、ストーカーではないとしたら、という竹下さんの前提で考えてみただけです」

「じゃ、郵便受けは？　女将さん、その顔だと郵便受けのことも説明できちゃうんですね？」

「そちらはもっと、単純なことだったのではないかな、と」

「単純なこと、ですか」

「ええ、部屋番号の間違いです。たとえば……竹下さんのお部屋って、３０１とか４０１とかじゃありません？」

「はい、４０１、です」

「そのマンション、４１０号室もありますよね」

「ええ、あります……あっ、そうか！　ほんとは４１０の人に用があったのに、部屋番号を４０１と勘違いしてて！」

「差し込み口に手を入れようとしたのではなくて、何かをその中に入れようとしていた、とすれば、とても単純な話ですよね。よくある男女関係のもつれか何かで、別れの手紙みたいなものを直接、届けたかった、とか。……あるいは……サングラスをかけていたことや、竹下さんが声をかけたら逃げたことと合わせて考えると……もう少し物騒なこと、それこそ、ストーカーのようにつきまといをしている女性が、自分に振り向いてくれない男性に、脅迫状のようなものを出そうとした……とか」

女将は、竹下の目の前に、グリーンアスパラガスをさっと茹《ゆ》でてから炭火で焼いたものを出した。

「まあ脅迫するにしては、ずいぶんと気弱ですよね。竹下さんに声をかけられたくらいで計画を中断して、逃げてしまうんですから」

竹下は、少し難しい顔でグリーンアスパラを睨んでいる。

「どうかなさいました？」

「いえ……ほんとにあの女性が脅迫状を出そうとしたんだったら……410の人に言ってあげた方がいいのかなあ、ってちょっと」

「管理人さんにご相談されたらいかがです？　その女性が本当に410と間違えたのかどうかはわかりませんし」

竹下は、そうですね、と言ってから下を向いた。

「せっかくぼくのストーカーじゃないってわかったのに、別の人のストーカーだったりしたら、嫌ですよね」

女将は、フルーツトマトを氷水の中で少し泳がせてから、さっくりと切った。

「この世界には、美しいものばかりではなくて、醜《みにく》いものもたくさんありますね。でもわたし、たまには無理してでも信じてみるのもいいかな、と思う時があるんです。美しいものばかりで満ちている世界が、どこかに存在しているって。たとえば……竹下さんみたいな人の心の中に、とか」

「そんな……ぼくはただの、頑固な変わり者です」

「気が弱い脅迫者の女性は、あなたに救われたのかもしれませんよ、竹下さん」

「……ぼくに、ですか？」

女将は、アンティークガラスの皿にそっとトマトを盛りつけ、石垣《いしがき》島の塩を軽くふって竹下の前に置いた。

「あなたが声をかけたから、その人は、出してはいけない手紙を出さずに済んだのかも。そうやって、美しいものが少しずつでも、醜いものを打ち消していく。そんな小さな奇跡が、どこかで毎日起こっている。そんなふうに想像すると、なんだか少し、気持ちが明るくなりません？」

竹下は、アスパラを頬張り、それからトマトを口に入れ、にっこりと笑った。

「アスパラもトマトも、ものすごく美味しいです！　ぬるぬるしてなくても、これはこれで、美味だ！」

あなたは本当に素敵な人ですね、と、女将は心の中で呟いた。

届かなかったもの

1

秋の食べ物、と人が聞いて頭に思い浮かべるものは何だろう。
松茸《まつたけ》
栗
さんま
茄子《なす》
銀杏《ぎんなん》
新米
果物なら、梨
葡萄《ぶどう》
柿……

はっきりと残暑、と言えるような暑さもなくいきなり肌寒くなり、それからまた、真夏のように夕立が連日、雷を落とし。

東京の気候がここ数年、亜熱帯の気候に近くなってしまっている、という記事を新聞か何かで読んだおぼえがある。ゲリラ雷雨、と呼ばれる、夕立よりずっと強い嵐のように降って落雷もすごい雨が、数日おきにやって来る。

気候そのものが変化してしまったら、季節感、などというものもあまり意味がなくなってしまうのかも。

女将《おかみ》は、筆を墨汁にひたしてしごきながら、ふう、と溜め息を漏らした。

明後日から九月、店で出す料理にも秋を盛り込まなくては。けれど、素材が高価なものはできるだけ使いたくない。この店『ばんざい屋』は、賃貸料が都内でも極めて高い丸の内の、古いオフィスビルの一階にあって、本来ならばもう少し客単価を上げないと経営が成り立たないのだが、その賃貸料を格安にして貰《もら》っているのでなんとか低価格を維持している。客には常連が多く、週に何度か顔を出してくれる人もいる。そうした人たちにとっては、一品の価格が五十円上がっただけでも財布に響く。

女将は松茸の香りが好きだった。女将の故郷、生まれ育った丹波の地が松茸の名産地で、幼い頃から秋になると、両親や知りあいの人たちが採《と》って来た松茸の香りを、当たり前のように吸い込んで育った。けれど、自宅で食べる松茸は傘が大きく開いているものや、柄に虫の穴があいたものばかりだった。つぼみ、と呼ばれる、傘が開く寸前の幼菌や、虫穴がひとつもない良品は、貴重な収入源となる大事な商品だったのだ。

女将が大人になる頃には、松茸の採取量は昔よりもさらに減り、虫穴のあいたものや傘の開いたものまで商品価値が出ていたので、大人になってからお腹いっぱい松茸を食べた、という記憶はない。それでも、子供の頃に鼻腔に記憶となって染みついた、あの清々《すがすが》しいような、それでいて官能的な松茸の香りは、今でも女将を魅了する。

九月になれば外国産の松茸が出回り出す。

なんとか、少しでも使って、あまり高価ではない一品が作れないかな……

経営は、順調というわけではなかった。客は減ってはおらず、むしろ昨年よりも少し増えているくらいなのだが、一人あたりの客単価が下がった。つまり、常連客が一品少なく、あるいは、一杯少なく注文するようになっているわけである。

不況を脱して再び好景気になる、と期待されていたのがついこの間のように思えるのだが、石油価格の高騰やら、輸入作物全般の高騰などで、人々は再び、希望のない節約の毎日へと戻ってしまったらしい。

週に二度三度と通ってくれていた客の中にも、派遣契約を打ち切られたとか、早期退職を打診されたなどと愚痴《ぐち》を口にしたのち、姿を見せなくなった人たちが何人もいる。続けて通ってくれている人たちも、酒の量はみんな減ったように思う。満腹になるまでつまみと酒をたのむ飲み方の人も、最近は酒を早めに切り上げて、ご飯をください、と言う人が多くなった。

店がテナントとして入っているこの古いオフィスビルも、いよいよ新しいビルに建て替えられるらしい。多少は有利な条件で入居させて貰えるとは言え、新しいビルに移れば賃貸料が跳ね上がる。立ち退き料を貰ってそれを資金に、どこか家賃の安いところでまた店を開くという選択肢もあるけれど、それでは今この店に通ってくれている人たちに続けて来て貰うことはできないだろう。

そうまでして店を続けたいのかどうか、女将自身にも今ひとつ、わからない。

この店も仕事も、とても好き。このまま細々と続けていていいのなら、死ぬまで続けていてもいいと思う。だが、この環境やこの居心地の良さが変わってしまった「ばんざい屋」に、自分はどこまで情熱を注げるだろうか。

かと言って、この仕事をやめてしまったら、どうやって生活の糧《かて》を得ていけばいいのか、具体的なイメージもない。

恋人、と呼べるのかどうか、たぶん呼べる、呼びたいと思ってはいるけれど、もうひとつ踏み込めないでいる清水《しみず》との関係も、女将の迷いの原因になっている。ばんざい屋を閉めると決心すれば、清水から結婚の話が出ることは想像できる。清水の妻となり、清水の仕事を手伝っていれば生活に困るということはないだろう。でも、それが自分が本当に望んでいる将来なのかどうか。

清水が開いている骨董品《こっとうひん》の店は、まあまあ繁盛していると聞いていた。さほど高価なものは扱わず、気軽に買えるアクセサリーや小物を中心にしているので若い女性客に人気があり、ファッション雑誌などでも何度か取り上げられたこともあって、清水自身の顔もたまに雑誌に載るようになった。清水のセレクトは確かにセンスがいい、と女将も思う。決してまがい物は扱わないが、ただ飾っておくだけ、コレクションに加えるだけ、という品物もあまり置かない。清水の店で買ったアクセサリーやインテリア雑貨は、数十年から百年以上も昔のものであっても、現代の生活の中に自然と溶け込むものばかりなのだ。

清水とは、この秋が深まったら一緒に京都を旅する約束をしている。清水とつきあい始めた二年近く前に約束していたのだが、なかなか実現しなかった。

清水は、永観堂《えいかんどう》の紅葉が見たいと言っている。女将は丹波の出身だったが、京都市内で暮らしたことはない。高校を出てから大阪で就職し、その後、パリへ渡った。

永観堂の紅葉は、女将もまだ未体験だ。

ああ、紅葉。そうだ、紅葉麩《ふ》を使おう。あれならそんなに高くないし、一目で秋を連想させてくれる。いつもは醬油を入れて煮る小芋を白醬油とダシで白く煮て、紅葉麩を別に煮含めたものをのせれば。

松茸は無理でも、きのこを使えば秋らしい感じは出るだろう。いっそ吹き寄せを作ろうか。手間はかかるが、客は喜んでくれるだろう。クワイを公孫樹《いちょう》の葉の形に抜いて揚げて、銀杏も揚げて塩をふるのがいいかしら……

電話が鳴った。女将はカウンターの隅に置いてある受話器に手を伸ばした。

「はい、ばんざい屋です」

「あ、女将さんですか？　よかった、まだ開店時間じゃないし、誰も出ないかと思った。わたし、川上と言います。あの、そちらのお店に何度かお邪魔したことあって、それで一昨日も七時半頃に入って十時頃に帰ったんですけど。あの、忘れ物してしまったみたいで、もしかしてそちらで預かっていただいていないかと」

心当たりはあったが、いちおう、慎重に対応することにした。

「あら、どんな物でしょうか。お忘れ物ってけっこう多くて、いくつかお預かりしているんですよ」

「眼鏡《めがね》ケースです。ハワイアンキルトの、藤色に黄色いパイピングの入った」

女将は、客の忘れ物を入れておく箱をカウンターの下から引き出した。確かに布製の眼鏡ケースがある。忘れていった客が若い女性だったことも憶えていた。すぐに気づけばよかったのだが、カウンター下の荷物を置いておく棚にあったので、閉店後に掃除するまで気づかなかったのだ。だが女性客がそのケースをバッグからとり出して手元に置いていたのは憶えていたので、どの客の忘れ物かはわかった。

「それでしたらお預かりしております。いつでもご都合のよろしい時にとりにいらしてくださいな」

「あの、今日は……開店してからでないとだめでしょうか」

「いいえ、準備中でも構いませんよ。わたしはもう開店まで外出する予定はありませんし、どうぞいらしてください。暖簾《のれん》はしまってありますけど、鍵はかかっていませんので、声をかけていただければ」

「ありがとうございます！　今夜は予定が入っているので、その前に伺《うかが》えると助かります。五時半には行けると思います」

このところ月に何度か顔を見せる人だった。最初は別の常連客の男性が連れて来て、気に入ってくれたらしく、それからまた別の女性客と何度か来てから、最近はひとりでも来るようになった。連れの人たちは、ユミ、とかユーミン、と呼んでいる。感じのいい笑顔とはきはきとしたもの言いをする女性で、女将も好感を持っているのだが、ただひとつ、ヘビースモーカーなのが玉に瑕《きず》である。ばんざい屋は喫煙席を特に設けてはいないが、灰皿はカウンターに出していない。できれば料理を楽しむ間は煙草を我慢して欲しいと思うのだが、禁煙を宣言するつもりは今のところなかった。そのかわり、煙草を喫う客は、焼き物を作る炭火ロースターの近くの席に座って貰っている。その位置だと大型換気扇の効果で、他の客のところに煙草の煙が流れるのは最小限にとどめられる。

笑顔の時は可愛らしい女性なのだが、どこかいつもせっぱ詰まったようなところがあった。まだジョッキにかなりビールが残っていても次を頼むし、残り少しになった料理の皿を見ると、ささっと食べ物を口に詰め込んでもぐもぐしながら皿を重ねる。単にせっかちだというのではなく、本人も意識しないまま、世の中のあらゆることに対して苛《いら》ついている、という感じなのだ。悩みを打ち明けられたことも一度あったが、そのあとも、彼女のストレスは、相変わらず色濃く彼女の仕草に表れている。健康のことでも、彼女には気がかりな点がある。だが客のプライバシーに立ち入るのは、タイミングも加減もむずかしい。

この東京で、男性と互角に働いて一人で生きていこうとすれば、自分の背中に背負いきれないほどのストレスを抱えてしまうのは仕方のないことだろう。けれど、女将がこれまで見守って来た客たちのことを思い出すと、ストレスに弱いのは男性の方だ、という気がしないでもない。女性は仕事のストレスを他のことでまぎらわすのが案外上手なものだ。

ああ、枝豆。そう、茹《ゆ》でた枝豆を食べていた時、あの女性は、食べ終えた豆の入っていないサヤをいくつか間違って皿に戻してしまい、それをうっかり口に運んで、驚いた顔になって女将を睨《にら》んだことがあった。すぐに自分の間違いに気づいたのか、決まり悪そうにそっぽを向いたが、一瞬でも、豆の入っていない空のサヤを皿に混ぜたのが女将であるかのように反応したのには、内心、女将も驚いた。もちろん悪意あっての態度ではない。むしろ咄嗟《とっさ》の反射のようなものだろう。

彼女はいつも、臨戦態勢なのだ。女将はその時、そう感じたのだ。

品書きに季節物として、吹き寄せ揚げ、と書いてから、女将は煮物の具合を確かめ、火を落とした。

箱の中の眼鏡入れを取り出して手にとってみる。女将はハワイに行ったことはないが、ハワイアンキルトの柄はとても好きだった。花や果物、鳥などをモチーフにしてあって、見ているだけで南の島の風を感じる気分になれる。忘れ物となってしまった眼鏡入れは、明るい藤色の布に白い模様が浮き上がり、端のところはすべて、鮮やかなクリーム色でパイピングがされていた。模様はパイナップルだ。全体の感じからして、日本人観光客向けに土産《みやげ》物店などで売られているもののように思える。おそらくさほど高い物ではない。

でも、ちょっといいわ、これ。

ハワイ土産として貰うなら、マカデミアナッツのチョコレートよりはこっちの方が素敵。眼鏡にこだわらなくても、工夫次第で使い道がありそう。

眼鏡が入ったままだったので、壊さないようそっと箱に戻した。

新しい品書きは九月朔日《ついたち》から使うので、今夜はまだ吹き寄せ揚げを作る必要はない。だが準備をして、試作してみないと。昨年の秋にも出した料理なので不安はないけれど、九月から十一月の半ばまで品書きにのせるつもりなので、秋が深まるごとに使う材料が変わっていく。

とりあえず初秋の間は、まだ青いはしりの銀杏を主役にすえることにした。銀杏も秋が深まるにつれて色や味を変える楽しい食べ物だ。はしりの若い銀杏には黄色く熟《う》れたあの独特の風味は薄いけれど、翡翠《ひすい》のように美しい緑色と、清々しい風味が女将は好きだった。

風に吹き寄せられた落ち葉に見立てて、秋の素材をひとつひとつ小さく美しく料理して盛りつける。頭の中でイメージを作り、翡翠色の銀杏を引き立てそうな素材を選んだ。

この仕事は、やはり楽しい。

高価な食材を使えない分、アイデアをひねり出してそれがうまくいって客に好評だった時の嬉しさは格別だ。

ばんざい屋を閉めてしまうことなど、自分にできるのだろうか。

店に満ちている出汁《だし》の香り。昆布と鰹節《かつおぶし》で丁寧にとったオーソドックスな出汁が女将は好きだった。時折、料理によっては煮干しや鯖節《さばぶし》も使うけれど、昆布と鰹節でとった出汁は、日本の食材のほとんどにマッチする。魚も野菜も、肉さえも、旨味《うまみ》をふっくらと広げてあげられる。

その出汁の包み込む優しさの中に、季節季節の素材を託す。すべての美味は、自然と時との共同作業から生まれる。自分はただ、出逢いを取り持つだけだ、と思う。

だから楽しいのだ。取り持った出逢いからいったいどんな素晴らしい味が生まれるのか、それを期待するのがこの上もなく楽しい。

人生に流されるようにしていつのまにかたどり着いた仕事だけれど、自分はこの仕事が好きなのだ、と、女将はあらためて思った。

2

川上有美にとって、今日はまさに最悪の一日だった。

目覚まし時計の電池が切れていてアラームが鳴らず、ハッと目を覚ました時にはもう、毎朝家を出る時刻の十五分前だった。冷蔵庫に入っていた乳酸菌飲料を一気に飲み干して顔を洗い、歯を磨《みが》いて着替えを終えるともうぎりぎりで、化粧は諦めて化粧ポーチを通勤鞄《かばん》に押し込み、駅まで走った。なんとかいつもの急行に間に合った、と思ったら、どこかの駅で人身事故があったとかで途中で電車が停まり、そのまま十七分も動かなかった。会社のもより駅について、エスカレーターの列に並ぶのももどかしくひたすら階段を駆け上がり、そのまま会社までダッシュしたのに、自分の机にたどり着いたのは九時二分過ぎ。ついい半月ほど前に海外勤務から戻って有美の上司となった橋本《はしもと》は、女性上司にしては珍しいほど時間に厳しい。たいがい、一分や二分の遅刻をねちねち責めるのは男性上司だと会社では相場が決まっているものなのだが、橋本亜紀子《あきこ》はどうやら例外だ。たった二分、しかし亜紀子は、有美の顔を正面から見て、自分の腕時計を二本の指で叩《たた》いて見せた。言葉で文句を言われるよりも腹の立つ態度だ。

会議でも不運は続いた。完璧に用意したはずの資料がなぜか一ページ抜けて綴《と》じられていた。資料を綴じるのはアルバイトに任せていたが、自分でもチェックはしたつもりだった。誰かがわざと意地悪して一枚抜き取ったのかと疑いたくなったほど、有美には身に覚えのないミスだった。が、一ページ抜けていたことは紛《まぎ》れもない事実であり、最初から躓《つまず》いた有美の企画説明は、揚げ足取りの総攻撃を受けて撃沈された。

昼休みをオーバーして午後二時近くまで続いた会議が終わる頃には、自分で自分のことを馬鹿で能無しだと思いかけていた。

食欲は湧かず、朝食が乳酸菌飲料一本だったのに昼食も抜いてしまった。自販機のコーヒーだけを何杯もがぶ飲みしていたら、三時近くなって胃が痛くなって来た。何か少し食べた方がいいだろうと、会議で潰《つぶ》れた昼休みを遅くとって会社の外に出たのに、行きつけの店はどこもランチタイムが終わっていた。コンビニで何か買って会社に戻って食べようかとも思ったが、それではまわされて来た内線電話に出るしかなく、せっかくの休憩時間も潰れてしまう。朝からあまりにもついていないことばかりで、この上、権利である休憩時間まで会社に捧《ささ》げる気にはなれなかったので、パンとダイエットコーラを買って近くの公園に行き、ベンチに座って食べた。が、何気なしに目の前にいた鳩にパンのかけらを投げてしまったのが失敗で、いったいどこで見ていたのか、数羽ずつ鳩が集まって来て、あっという間に足下が鳩だらけになってしまった。鳥が嫌いなわけでも鳩が嫌いなわけでもなかったが、パンを貰えて当然、という態度で足下に群がる生き物を見ていると、どうにもむしゃくしゃして、残ったパンを口に詰め込んでベンチを離れ、歩きながらダイエットコーラで無理に胃に流し込んだ。食事、とはとても言えない、あさましく哀れなランチだった。

何にこんなに腹が立つのか、それはわかっていた。自分自身に腹が立つのだ。

自分が嫌いなのだ。

自己管理能力の低い自分
段取りの悪い自分
本番に弱い自分
短気でむら気な自分

弱い自分。

わかってはいても、腹立たしさを持て余す。ダイエットコーラを飲みながら大股で公園を歩き、見つけた小石をすべて蹴《け》った。

自分がなりたかった自分への道がこれほど遠いとは、入社した時は想像できなかった。入社さえできれば、あとは絶対勝ち上がれる。根拠もなくそう信じていた。

だが今になって、有美は自分が途方に暮れ始めているのを感じていた。このまま今の会社で芽が出ずに終わるくらいなら、新しい世界を探した方がいいんじゃないの？

新しい世界。

そんなものが簡単に見つかるとは思えない。思えないけれど、これまで探そうともしていなかったのだから、探したら出逢える可能性はあるんじゃない？

蹴った小石が何かに当たり、跳ね返って自分の顔に飛んだんだ、と気づいたのは、痛みで瞼《まぶた》を押さえた時だった。掌《てのひら》に血がついていて、慌ててハンカチを取り出した。ハンカチをあてたままでなんとか会社に戻り、化粧室の鏡で傷を調べた。幸い、瞼がほんの少し切れただけで、血はもう止まっていた。救急絆創膏《ばんそうこう》で押さえておけば、明日には傷も目立たなくなっているだろう。だが、コンタクトレンズははずした方がいい。

傷ついた側のコンタクトだけはずし、自分の席に戻ってバッグを開けた。その時になって、眼鏡ケースが入っていないことに気づいた。

学生時代の友人から貰ったハワイ土産の眼鏡入れ。ケースというようなものではなく、ハワイアンキルト布で作られた袋。藤色とクリーム色の取り合わせがなんとなく新鮮で気に入っている。だが、入れてある眼鏡を使うことはあまりない。帰宅するとコンタクトレンズははずすが、自宅でかける眼鏡は別に置いてある。外出先で眼鏡を使うのは、目にゴミが入って痛くてコンタクトレンズをはずした時くらいだ。だから通勤用バッグの中にずっと入れたままになっていたはず……いつ出したんだろう？

記憶をたどってみたが、ここ数日、外出先で眼鏡をかけたおぼえがない。あの眼鏡入れをバッグから取り出す用事と言えば……

あ！

有美はやっと思い出した。あの店だ。ばんざい屋。

一昨日、一人であの店に寄って夕飯を済ませた。たまたま隣りに一人客の女性がいて、女将さんを挟んでなんとなく会話をしていたら、その人の持っていたトートバッグがハワイアンキルト布で作ってあると気づいたので、眼鏡入れを出して見せたのだ。バッグにしまったと思っていたけれど……店に忘れて来てしまったのかも。

腕時計を見たが、まだ四時半になるところ。料理の仕込みがあるだろうから女将さんはそろそろ店にいてもおかしくない。でも電話に出てくれるかしら。

卓上カレンダーの今日の日付には、丸印が付いている。アメリカから一時帰国している進藤淳史と食事をする約束になっていた。

進藤淳史とは学生時代からのつきあいで、なんとなくいい雰囲気《ふんいき》でいながらも、男女の仲までには進展しないまま、自然と親友のようになり、月に何度か夕飯を一緒に食べて軽く酒を飲む、という関係を長く続けて来た。淳史は食い道楽で、さほど高くないのに美味《おい》しいものを食べさせる店を探すのが趣味で、新しく見つけた店には必ず有美を誘ってくれた。

その淳史が、勤めていた会社を退職し、今年の初めにアメリカの会社に再就職した。ヘッドハンティングされたらしい。

お互い忙しさに追い立てられて、ゆっくり送別会をする暇《ひま》もなく、淳史は海を渡ってしまった。メールは数日おきにやり取りしているし、互いのブログにコメントを入れ合っているので、遠く離れているという実感は薄い。けれど、メールに書いていないこと、ブログに書いていないことがいったいどれだけあるのか、淳史のアメリカでの日常はどんなものなのか、それを考えると、ほんの少しだけ憂鬱《ゆううつ》になった。

淳史がアメリカに行ってしまってからも、有美自身の日常はそれまでとほとんど変化していない。それどころか、自分の限界に突き当たった感があり、明らかに昨年の自分よりも覇気《はき》がなく、愚痴《ぐち》が増え、みっともなくなっていると思う。だが、そうしたことはメールにもブログにも書けなかった。メールではいつも励ます側にまわり、ブログでは、いかにも一人暮らしを楽しんでいる都会的な女の子、という虚像を演じ続けている。

新しくできたレストラン、ライヴハウス、シネコン、劇場に、一番乗りではなく、少し余裕をもって「行ってみました」と報告する、そんな女の子。

化粧品や洋服の流行にも敏感でありながら、自分の好みでないものは決して買わない、そんな女の子。

人気パティシエのスイーツは必ず食べてみるけれど、近所の和菓子屋さんの小倉最中《おぐらもなか》がいちばん好き、と書く、そんな女の子。

週に二冊は本を読み、月に二本は映画を観て、好きな欧州サッカー選手がいて、フルートを習っていて、休日に気が向くと自家製チャーシューを煮込んでみたりする、そんな女の子。


正直、疲れた。

仕事で平日はくたくたなので、週末は一日中だらだらと寝ていたい。映画は嫌いではないけれど、DVDを借りて寝転がって観る方が気楽だし簡単だと思う。つまりそれほど映画を愛しているわけではない。読書も苦手な方ではないが、仕事関連で読まなくてはならない本がいつも山積みなので、小説だのなんだの読んでいる時間の余裕もない。

化粧品は、最近はネットで安く買えるので、いつも使っているものをボーナスが出た時にまとめ買いする。新色や新製品を試してみたいという気持ちはあるものの、なんとなく不経済な気がして買う気は起こらない。

流行の服を雑誌で眺めている分にはいいが、どうせ平日はちゃらちゃらした格好でいられないし、休日は朝からジャージで過ごしてそのまま寝てしまうこともあるので、定番のビジネス用ブランドと、カジュアル服の量販店以外では服を買わなくなってしまった。自分の好みでないものは決して買わない、というような主張があるのではなく、ただ面倒なのとお金がもったいないので買わないだけなのだ。

人気パティシエのスイーツ。会社から徒歩五分のところにあるデパートの地下で、社内でのおやつ用に買うことはある。その程度のものだ。情熱を持って食べているわけではない。この頃は疲れているせいなのか、甘いものを食べる量は増えているのだが、味の区別がつかなくなっている。どこの何を食べても、甘いな、と思うだけなのだ。

チャーシューは煮込んでみた。割と簡単でしかも美味だったので、二、三度はやった。薄切りにして冷凍しておいて、インスタントラーメンに浮かべて食べて、ひとり満悦だったこともある。が、すぐに飽きてしまった。

インターネットの画面の中につくりあげた「偽物」の自分。

コメント欄に書き込んでくれる見知らぬ人たちと交わす、「偽物」の会話。

淳史はそんなあたしの虚構に気づいているのだろうか。有美は、気づかれていたら、と思うと頬が赤くなるのを感じる。

日本の企業との打ち合わせで帰国した淳史は、実家に寄る暇もなく明日はまた飛行機に乗る。それでも淳史は、有美と「何か美味《うま》いもん食いに行く」約束だけは、忘れずにスケジュールに入れてくれていた。

それが今夜だ。

ばんざい屋に電話すると、開店前でも眼鏡入れを引き取りに来ていいと女将さんに言って貰えた。

本当は、淳史とまた、ばんざい屋で飲めればいいのに、と思った。淳史が選んだ店ならば味も雰囲気もはずれはないだろうが、この頃は、ばんざい屋がいちばんくつろげる空間になっている。もともとは淳史に連れて行って貰った店だったが、女性がひとりでカウンターに座っていても違和感なくすぐに馴染めるし、客質もいいのか、酔客の痴態に嫌な思いをしたこともない。料理はさほど凝ったものはないが、京都の家庭料理を基本に、酒にもご飯にも合うようしっかり味付けされていて、どれも美味しい。丸の内の店としてはとても安い。

何より、女将さんのたたずまいが、有美は好きだ。

料理が京都の家庭料理なのに、女将さんは関西弁ではない。あまり抑揚のない、すっとした標準語で話す。けれど出身は関西だと聞いたことがある。どこか海外でしばらく暮らしていて、帰国してからはずっと東京らしい。

いつも着物を着ているが、たぶん古着だろう。高価なものではなく、地味な色や柄なのだが、白い割烹着から外に出ている部分の柄や色合いが女将さんの顔によく映って、邪魔にならない程度の色気がある。それでいて、玄人《くろうと》臭があまり感じられないので、腹を探られているような落ち着かない気持ちにならなくて済む。

料理をする手つきも、プロの調理人、というよりは、少し器用な家庭の主婦のようだ。包丁も、目を見張るような速度でとんとんとんとんとんと使うのではなく、とん、とん、とん、と丁寧《ていねい》に動かして、少しずつ材料を刻んでいく。そのリズムが、女将さんの性格を表しているようで好ましい。

焦《あせ》らない。

急がない。

無理をしない。

それでいて、客が待ちくたびれるほど時間をかけるわけでもない。温めて出すだけ、柚子皮《ゆずかわ》を添えるだけ、そんなふうにすでに準備された煮物やあえものが大皿の上に載っていて、少し時間のかかる料理を頼む前には、客の方もなんとなく呼吸をのみ込んで大皿の品を注文している。

かと言って、初めて入って来た客が戸惑うほど常連が店を仕切っているわけでもない。

何もかも、有美にとっては理想的に思える店。

もちろん、そんなふうに思うこと自体、自分が今、自分の居場所を見失いつつあるのだ、ということはわかっている。

カウンターで青菜の煮浸しを食べられる店にしか、心をくつろがせられない自分のむなしさは、よくわかっている。

＊

「ふーん、ユーミン、ばんざい屋の常連になってたのか」

「その呼び方やめてってば」

有美は、運ばれて来た巨大なステーキに驚いた。

「なにこれ！　これ何人前？」

「もちろん一人前だよ。これが本物のTボーンステーキ。日本のステーキ屋では滅多《めった》にお目にかからないメニューだろ？」

「お目にかかるも何も……これ、五人前くらいありそう」

「小さい方がヒレ、でかい方がサーロイン。美味い部位を両方食べられる欲張りな切り方だよね」

「この骨の形、ほんとにTの字ね」

「東京で、アメリカの田舎のステーキ屋で出て来るようなやつを出してる店は少ないんだ。この店もネットで調べて、日本の友達に事前に食べてもらって決めた。有美にアメリカの味に近い味を体験して貰いたくて。ほら、肉の感じが日本のステーキ屋のとは違うだろう？　ここの肉はハワイから輸入してる、昔ながらのアメリカ牛の肉なんだ。草だけ食べさせて育てるから、肉が硬いんだけど、味がとてもいい。牛肉本来の旨味があって臭みがなくて、嚙《か》めば嚙むほど、肉ってのはこういう味だったんだなあ、と納得できるよ。最近はアメリカ人も、こういう硬い肉より、穀物を食べさせて育てたやわらかい肉を好む人が増えたらしい。今ではニューヨークでは、高級ステーキ屋では日本の松阪牛が出たりする。霜《しも》降りのいい肉は美味いことは美味いけど、肉の味よりも脂《あぶら》の味が勝ってるから、こういう肉を一度体験すると、霜降りの牛肉じゃ物足りなくなる」

有美は、ナイフとフォークを動かして肉を切った。なるほどこれは手ごわそうな肉だ。しっかりとナイフを押し当てて動かさないと切れない。

「この店でも、野菜や果物でマリネしてやわらかくした肉も出してるんだけど、有美にはこっちの硬いのを一度だけ体験してもらいたかったんだ」

「まあ、あたし、歯とか顎《あご》は丈夫だけど。でもわざわざ硬いのを食べさせたいなんて、淳史、あたしに恨みとかあるわけ？」

淳史は笑いながら手で制した。

「まあいいから、食べてみてよ。よく嚙んで」

有美は、フォークに突き刺した肉片を口に入れた。驚いたことに、口の中に入れても牛肉特有のあの匂いが感じられない。

歯を動かしてみて、なるほどこれは硬い、と思った。すごい弾力だ。歯の悪い人はとても食べられそうにない。

けれど、噛んでいるうちに口の中に広がった風味の心地よさに、つい、うっとりしてしまった。

「どう？　硬いでしょ」

「……うん」

ようやく一切れをのみ込んで、有美はうなずいた。

「すごく硬い。でも、これ、美味しいと思う。なんだろう……臭くないのね。肉の味が思っていたよりもずっと上品で」

「口の中もべとべとしないでしょ」

「うん。そうか、これ、脂肪分が少ないのね」

「サーロインでも脂肪は端っこに固まってついてる。肉の部分にあまり脂肪が入り込んでいないんだよ。だから赤身肉の味がするんだ」

「これが、牛肉の味なのね」

「少なくとも、昔はこれが牛肉の味、だったんだと思う。僕のブログに書いたけど、先月のサマーバケーションで中西部を旅してこの味を知ったんだ。今回の帰国は仕事絡みで、日本をゆっくり楽しんでる暇がなくてさ、有美と飯食うんならどこがいいか考えてて、僕が最近体験した中で、最も衝撃的だった味を有美にも教えたい、と思ったんだ」

「衝撃的だった、味……この肉の味が、ってこと？」

「うん。中西部ではね、車で走って腹減ったな、ってドライヴィンに入るだろ、そうすると、この手のステーキとポテトしかないんだよ。どこ行っても、ステーキ、ポテト、ドーナツ。それですごく安い。こんな大きさのステーキと山盛りのポテトにコーヒーとドーナツで、日本円で千円くらいだったり。正直、段々飽きてげっそりして、大きな町に着いたらチャイニーズレストランやイタリアンレストランを探してばかりいた」

「なのに、衝撃の味、なの？」

「そう。旅が終わる頃にね、ふと気づいたんだ。うんざりしてるはずの硬いステーキとポテトを、一日一回食わないと落ち着かない気分になってることに。それが衝撃だった。自分が今アメリカにいて、アメリカは日本からうんと遠いんだってこと、その瞬間にやっと自覚したんだ。それまでは、日本にいる時とあまり変わらない気分で暮らしていた。つまり、日本人であることが当たり前で、文化の違いとか価値観の違いと出逢っても、自分の中の基準を優先していたんだ。こいつらアメリカ人だからしょうがないなあ、みたいに」

有美は肉を噛みしめながら、淳史の口元を見つめていた。淳史は今、何かを告白しようとしている。そんな気がした。

「この肉の味が自分の身体《からだ》に染み込み始めていると気づいて、ようやく、アメリカって場所で生きていくことに、迷いがなくなったんだ」

アメリカで生きていくことに、迷いがなくなった。

つまり淳史は、もう戻って来るつもりがない、ということ……？

たまにこうして日本に来ることはあっても、人生を海の向こうで過ごす覚悟をした、ということ……？

ああ、そうか。

有美は突然、理解した。淳史には恋人がいるのだ。日本人ではなく、アメリカ人の。

言葉を探した。恋人できたんだ、よかったじゃない。おめでとう。

そう言えれば楽だ、と思った。だが言えなかった。

「……グリーンカード、取るつもり?」

ようやく口にできた言葉が、それだった。

「うん」

淳史も短く答えた。

「そっか」

有美は肉片をまた口に入れ、わざともぐもぐ言った。

「たまには帰って来てよね。……奥さんと子供とか連れて」

最後の方は、肉片のせいで不明瞭になった。不明瞭なままの言葉を肉と一緒に無理にのみ込むと、なぜか、有美の鼻の奥がつんと痛くなった。

つきあいが長いから、ずっとずっと長い間、こうして「なんか美味いもん」を一緒に食べる友達だったから、それでお互い、伝えたいことは伝わった。

たぶんこれが最後の、二人きりの「なんか美味いもん」になるだろうな、と有美は思った。淳史の妻になるひとは、自分の夫が独身の女と二人きりで食事をするのは快《こころよ》く思わないだろうし、そのひとに余計な心配をさせるつもりなんて、ないし。

それにしても、と、有美はなんだかおかしくなった。美味しいものを食べること、美味しいものが食べられる店を探すことに情熱を傾けていた淳史の、有美の為の最後のセレクトが、硬くて顎が疲れそうなくらい嚙まないと食べられない巨大な肉だった、なんて。こんな、繊細さのかけらもないような食べ物が、和食がいちばん好きだと言っていた淳史の心を、とらえてしまったなんて。

3

「あら」

カウンターの向こうで、女将さんが笑顔になった。

「今夜は他に、お約束があるとか……」

「もう終わったんです。帰りに寄りました」

有美はカウンターの前に座った。

「ご飯食べて来ちゃったんで、お酒と、何か一口だけいただきたいんですけど、いいですか？」

「もちろん構いませんよ。付きだしだけで、お飲みになります？」

「日本酒が飲みたいから……でもお腹の中、肉で一杯なんで」

「いつもの銘柄でよろしいですか？」

「はい」

女将は、カウンターの下から天狗舞《てんぐまい》の一升瓶を持ち上げた。

日本酒は、包容力のある酒だ、と淳史がいつも言っていた。日本酒と合わない食べ物は少ない。魚や野菜はもちろん、肉にも、使い方によっては果物にも合うのが日本酒の不思議なところだ、と。

あれ？

付きだし用の小皿に載って出て来たのは、果物だった。薄いオレンジ色は……柿？

「タイミングがよかったですね。お肉を食べすぎた時はこれを食べるといいそうですよ」

「あのこれ……」

「人参と、パパイヤです」

「……パパイヤ……」

「本当は柿を使いたかったんですけど、まだ出ていなくて。パパイヤは、ベトナム料理などで使われる、熟《う》れていない青いものを、皮を剝《む》いて薄く切って、人参の薄切りと一緒に塩とほんの少し日本酒で、浅漬けにしたんです。昆布も使いました。ほんの三時間ほど重しをのせておいただけで、それを重ねて、短冊《たんざく》に切ってみました」

「とてもきれい。それに……さっぱりしていて……でもパパイヤなんて」

「あの眼鏡入れのハワイアンキルトから思いついたんです。この同じビルの奥に、ベトナム料理のお店がありますでしょ。あそこのシェフとはたまに料理のアイデアを交換しあって、材料も分け合ったりしているんです。眼鏡入れのパイナップルの図柄を見ていて、逆転の発想というのか」

「逆転の発想？」

「ええ。明後日から九月ですから、わたし、秋のメニューを作ることばかり考えていたんです。どうしても料理屋では季節を先取りするのが当たり前になっていて。でも考えたら、夏が終わる、と考えるのは少し寂しいことですわよね。子供の頃から夏休みがあったせいなのか、どうしても、夏、というのは何か楽しいことのある季節、という気がしますでしょう。だったらあと今日を入れて二日、夏を楽しむ一品を出してもいいかな、と。それで、常夏《とこなつ》の南の島、を連想させるパパイヤを使ってみたんです」

有美は、短冊に切られた美しい食べ物を見つめた。

あと二日の八月。あと二日で終わる、夏。

携帯を取り出し、メールを打った。

『今、ばんざい屋。お肉でお腹一杯だけど、なんだか物足りなくて飲んでます。明日も仕事だろうから無理ならいいけど、ホテル、東京駅の近くだよね？　歩いて来られるよね。どうですか、口直しに、日本の味で』

送信。

携帯メールは淳史の携帯に届くだろう。けれど、とうとう発信できなかった自分の想いは、もう永遠に届かない。

ようやく気づいた。

やっぱり、淳史のことが好きだ。でも、遅すぎた。

「女将さん、あたし、失恋しました」

有美は言った。

「なので今から、飲み友達を呼び出して失恋酒、飲んでみようかな、って。急に呼び出したからなあ、来てくれるかな」

「大丈夫でしょう……まだ九時前ですし。でももしその方がいらっしゃらなかったら、わたしでよければおつきあい、しますけど」

「ほんとですか？　わあ、嬉しい。女将さんと一度、ゆっくり飲んでみたかったんです」

「わたしなんかとは、いつでも飲めますよ。お友達が来てくださるといいですね」

「もうすぐそいつ、結婚しちゃうんですよ」

有美は肩をすくめた。

「つまり、夏休みが終わりかけ、って感じ。結婚しちゃったらもうそいつとも飲めないだろうし。やっぱり夏が終わるのって、寂しいですね」

「そうですね」

女将は、やわらかく微笑《ほほえ》んだ。

「でも、また来年も、夏は来ますから」

有美も、微笑んでみた。まだ涙はこぼれない。

あと少しは、我慢できそうだ。

氷雨《ひさめ》と大根

1

「うわ、これ俺、すっごい好物なんだ！」

無邪気な声をあげた客の前に女将《おかみ》が置いたのは、白い大根に柚子《ゆず》味噌をかけた一椀だった。ありふれた京料理だが、料亭のような味を出すのはとても難しい料理だ。素材の大根から吟味《ぎんみ》し抜かないと、なかなか一流の味が出ない。

が、この店は、そこまで洗練された味を提供する必要はない、と女将は思っている。背伸びをせず、自分にできる範囲で最良のものを出す。それでいいのだ、と。

とりあえず、野菜は、知り合いに紹介された有機栽培野菜を販売する店に頼んで届けてもらっている。今日の大根も、千葉の農家が作った有機栽培品だ。それをただ丹念に、糠《ぬか》を使って下茹《ゆ》でし、昆布と鰹節《かつおぶし》でとった出汁《だし》で煮含め、柚子皮をすりおろして白味噌と合わせた味噌ダレをそっと椀に張る。女将のオリジナルと言える部分は、椀に多めに出汁を入れ、あとからかけた柚子味噌と合わせると、味噌汁のように飲むことができるいい塩梅《あんばい》の出し汁になる、という点か。大根を楽しんだら汁も楽しんで。お上品な食べ方ではないが、女将は自分でそうした食べ方が好きなので、客にも臆《おく》せずに出した。今のところ、毎年客には好評で、冬の寒さが感じられる季節になると、大根煮てよ、と常連さんからリクエストが出る。

「これ、ほんと美味《うま》い」

客が心の底からそう言ってくれていることが伝わって、女将は思わず微笑《ほほえ》んだ。

「山岡《やまおか》さんは、ブリ大根もお好きでしたね」

女将が言うと、山岡達二《たつじ》は大きくうなずいた。

「そうそう、ブリ大根も大好き。また今年も煮てくれるんでしょ？」

「ええ、いつもお願いしている魚屋さんに、ブリのアラの新鮮なものが入ったら届けてくれるよう頼んでありますから」

「あのブリ大根ってのも不思議な食いモンだよね」

山岡は、ぬるく燗《かん》にした日本酒をちびりと飲んで言った。

「不思議な食べ物、ですか？」

「そう、不思議。だってあれってさ、美味《うま》いのは大根なんだよね。ブリはどうでもよくなっちゃうの。生で食ったら絶対ブリの旨味《うまみ》の方が強いはずなのに、なんでかああやって煮ると、主役は大根になっちゃう」

「そうですね、そう言われれば確かに……地味なお料理のようにみえて、あのお大根を口に含むと思いのほか、華やかなお味ですし」

「そうそう、そうなのよ。田舎《いなか》くさい味になりそうなんだけどね、大根と魚のアラに、醬油と日本酒と砂糖？　そんなもんでしょ、使うのって」

「ええ、わたしは生姜《しょうが》とザラメも使いますけれど、そうしたものはお好みですから」

「たったそんだけのもんで、しかも魚のアラでさ。どうしてあんな、なんて言うか、口に入れるとパーッと気持ちが浮き立って、ああ、いい酒が飲みてえとか、飯が食いてえ、とか思わせる味になるのかねえ」

「組みあわせの妙、というものかもしれませんね。先人の知恵というか。江戸の頃から大勢の料理人さんたちがいろいろと試して、ブリと大根の絶妙の相性にたどり着いたのか、あるいは家庭の奥さんたちがたどり着いたものなのか。季節、が重要かもしれません」

「季節、か」

「ええ。ブリの美味しい季節と大根の美味しい季節、この二つの旬が重なって。こうした仕事をしていていつも思うのは、四つの季節それぞれにいちばん美味しい食べ物がある、つまり、旬、というものがいかに大切か、ということですし」

「旬、ねえ……食いモンはなんでも、季節を無視してはあり得ない、ってことか」

「お野菜もお魚も、自然の中で四つの季節をもとに生まれて成長して老いていくものですから。命が短いものほど、季節にそのすべてをゆだねている、ということかもしれません」

「人間は長生きし過ぎるのかいな」

山岡は笑いながらまた酒を飲む。

「確かになあ、大根やブリに比べたら長生きし過ぎるわな。大根は季節に運命をまかせてるもんなあ。その大根食うのに、季節を無視したらいかんわな」

「山岡さんは日本酒、お好きですね」

「うん、魚や野菜食う時は日本酒がいちばんいい。最近はなんでもかんでもワイン飲んだり、焼酎に詳しいのがカッコいいとか思われてたりって、日本酒飲んでるとオヤジ扱いされちゃうけどね、先入観なしに試してみたらわかるはずなんだけどなあ、魚、特に生の魚とか、野菜の煮たもんなんかは日本酒が最高だって。ここはあんまりたくさん焼酎、おいてないね。女将は焼酎、飲まないの？」

「たまにいただきます。でもあまり詳しくないので。自分がわからないものをお客様におすすめするわけにはいきませんでしょう、なのであまり種類がおけないんです。本当はもう少し勉強した方がいいんでしょうけれど」

「いや、しなくていい」

山岡は根元が白くなった髪を揺らして強く首を横に振った。

「この店のメニューは背伸びしないでいいよ。女将がゆっくり吟味して、自分で気に入ったもんだけおけばいい。焼酎の蘊蓄《うんちく》ならよその店に任せておくさ。女将が勉強熱心になるのはいいが、無理して自分流の余裕を見失っちゃうのは困る」

「自分流の、余裕、ですか」

女将は自分のコップに瓶のビールを注いだ。今夜はなんとなく、少しだけアルコールの力を借りていたい気分だった。

外は冷たい木枯《こが》らしが吹いて、もう人通りも少ない。今夜の客はこの山岡で最後だろう。

「そんなふうに考えたことはなかったけれど……自分流、という言葉、いいですね」

「いいでしょう？　余裕余裕って簡単に言うけどさ、今の世の中、ほんとに余裕もって生きていられる人間がどんだけいるか。小学生が精神的に追いつめられて飛び降り自殺する時代なんだもんね。物心ついたかつかないかくらいからいろんな競争させられてさ、いつも他人と比べられ、いろんなことを期待されて。さもなければその逆に、親からも放置されたり虐待《ぎゃくたい》されたりするんだ。子供がね、余裕もてない、そんな時代と国だからね。我々社会に出た大人に余裕なんてそんな簡単に生まれるもんじゃない。だからさ、みんながそれとわかるような余裕、つまり働かなくても金が入って来て、わずらわしい人間関係に悩まされることもなくて、みたいなのじゃなくて、自分にはこれが余裕なんだから、と自分だけでも納得できるような、自分流の余裕を持つことがね、せめて大事だと思うんだ。女将の場合、それがこの店のメニューとか雰囲気とか、そういうもんだと思うんだよね。ここの料理って、いわゆる京料理とは違う、でも伝統的なおばんざいともちょっと違うでしょう。女将が子供の頃から食べてきたもんを、自分がより美味しいと感じる形に変化させてる。無理がないんだよね。伝統的な作り方にごりごりこだわってないし、かと言って、流行《はや》りもんを追っかけてもいない。自分がいつカウンターのこっち側に座って客として食べても満足できるようなもん、を目指してる気がする」

女将は、ささやかな感動を胸に感じていた。

山岡はいつもはさほど饒舌《じょうぜつ》な客ではない。丸の内のお堅《かた》いところに勤めている人、たぶんお役人さん、だという程度は知っているが、いつもはこんなふうに女将にとくとくと語りかけたりせず、ただ好きな料理と酒を前にしてにこにこしている、おとなしいお客さん、だった。夕飯を兼ねて〆《しめ》にご飯ものを食べていくことも多いので、独身か単身赴任なのだろうと見当はついているが、本当のところはどうなのかも確かめたことがなかった。年齢も知らない……おそらくは五十前後だろうと思うのだが。

何度か友人らしい男性と訪れたことがあり、その会話から、下の名前がタッジ、であると知ったが、その表記が達二だとわかったのはごくごく最近のことだ。山岡が支払いをする際に、真新しい財布を取り出して、その財布の革に焼き文字で、達二、といれてあったのをちらっと見たのだ。

男性で、自分の名前を小物にいれる人はさほど多くないだろう。それもイニシャルではなく漢字でいれてあったのが印象に残った。が、それ以上客のプライバシーにたちいるつもりもなかったし、興味もなかった。

その山岡が、なぜか今夜は、女将の胸にすっと入り込むような言葉で喋《しゃべ》り続けている。

木枯らしのせいかもしれない。

ふと、女将はそう思った。

冬が来るとなぜか店の客は饒舌になる。それが女将がこの仕事をして来て感じた、小さな不思議、だった。

こうした店のすべてがそうなのか、それともこのばんざい屋だけの現象なのかはわからないが、寒さがからだの奥にまで染みて来るような夜には、客は酒をいつもより少し過ごし、いつもより少し言葉多く語るのだ。

さみしさ、がその理由なのだろうか。

寒いと人はさみしさを感じるもの。冬は人肌やそれに通じるすべてのものが恋しく思える季節だ。


「大根とブリみたいに相性のいい相手と出逢えたら、人生勝ったも同然なんだけどなあ」

山岡は、柚子味噌を出し汁ごと飲み干し、言った。

「結局は、運なのかねえ。人との出逢いだけは金では買えない、それこそ運命だけが頼りだからなあ」

「そうですね」

女将はコップのビールを喉に少し流し込んで、うなずいた。

「どんな出逢いもすべて、運命なんでしょうね」

「その口ぶりだと、女将にもあったね、運命的な出逢いってやつが。で、どうなの、その出逢いはまだ続いてるの？　それとも出逢ったけどさよならしたの？　あ、ごめん女将、こういうこと客に訊かれるの苦手だろうな」

山岡は自分でも酒を過ごしたと思ったのか、照れながら猪口《ちょこ》を伏せた。

「あら、別に構いませんよ。この歳まで女が生きてくれば、出逢ったり別れたり、それはありますよ。続いている出逢いもあれば、途切れてしまった出逢いもあります。ほんとにもうお酒は？」

「うん、このくらいにしとく。飯食ってもいいかな」

「もちろん。まだ閉店時刻までは半時ありますから」

「はんとき、って言い方、いいねえ。時代劇っぽいけど」

「すみません」

女将は思わず笑った。

「ゆうべ、時代小説を少し読んで寝たせいかしら。どうしましょう、白いご飯にお漬物にしますか、それともお茶漬けにしましょうか。季節のご飯もまだ少し残っていますけれど」

「今日は何ご飯？」

「里芋を炊き込んだお芋ご飯です」

「里芋？　さつま芋でなくて？」

「ええ、ちょっと粘りが出てしまうんで、お嫌いな方もいらっしゃるかもと思ったんですけれど、よくできた里芋が手に入りましたので」

「醬油味？」

「いいえ、昆布のお出汁《だし》とお塩です。お醬油を使うと里芋の白さがもったいなくて。しっかりぬめりをとったつもりなんですけど、やっぱり炊き上がると少し。お嫌いでなければ」

「ぬめぬめした食いモンはみんな好きだよ。なめこ、納豆、オクラ、モロヘイヤ、めかぶ。みんな美味いね。なんで美味いんだろうね、ぬめぬめした食いモンって」

「外国の方は苦手とおっしゃる方がけっこう多いですけど」

「そうなの？　美味いのになあ。アメリカとかにはぬめぬめした食いモンがないのかな」

「さあ……でも、先日お見えになったアメリカのお客様は、納豆がお好きでした」

「へえ、納豆が！　あれは臭いっていちばん嫌われそうだけどな」

「ええ、わたしもそう思ったので、その方が納豆豆腐をくださいとおっしゃられた時はちょっとびっくりしました」

「平気な人もいるんだねえ、アメリカ人で納豆が。あ、納豆豆腐、木綿《もめん》をざっと崩して醬油入れてかき混ぜた小粒納豆とざっくり混ぜて、七味振った女将のオリジナル！」

「七味は山岡さんがご自分で振られますよ、いつも」

「あれ、そうだっけ」

「醬油に辛子《からし》をとかないでとおっしゃって」

「そうだそうだ。俺ね、納豆に辛子って決まってんのがどうもつまんなくて、たまに七味とごま油と醬油で食うんだけど、けっこうイケるんだよね。女将の納豆豆腐には七味でも合うし。あれも美味いなあ。女将は海苔《のり》つけて出すよね。あれを飯にかけて、海苔でくるっと巻いて食うと最高に美味い」

「お出ししましょうか？」

「いや待って。味噌汁はある？」

「ええ」

「具は？」

「今日は卵を具にと思って、他の具は入れてないんです。吸い口に白髪《しらが》ネギのつもりでした」

「じゃ、ちょうどいい。ね、納豆汁にしてくれないかな。挽《ひ》き割りみたいにして。それと里芋ご飯」

山岡のリクエストに応じて納豆汁を作りながら、女将は清水のことを思い出していた。

恋人、と呼ぶのがまだ少し恥ずかしい気がする、でもやはり、自分は清水に恋している、と思う。

清水も納豆汁が好物だ。

でも、その清水は今、雑貨の買い付けでヨーロッパを旅している。年に一度、清水は少し長い旅に出る。長い、といっても二週間程度だが。毎年、少しずつ季節を変えて買い付けに出かけるのは、季節によって市場に出回る商品が違うからだそうだ。今年は十一月の終わりから十二月の初め、ヨーロッパがクリスマスの気配に浮かれ始める季節に旅立った。クリスマス用の雑貨を仕入れたいと言って。十二月に入ると清水の店も客が増えるのだが、清水の店には今年の夏から店員が一人増え、二週間程度なら店を任せておけるようになったからだろう。

海外でも日本食が食べられるレストランは多いし、アメリカやヨーロッパで豆腐や醬油などが人気だと聞いたことはあるが、納豆はどうだろうか。乾燥させて味付けした、酒のつまみのような納豆は持って行くと言っていたけれど。

女将の脳裏に、かき混ぜた納豆を麦飯の上にたっぷりとかけて、幸せそうな顔で頰張っていた清水の笑顔がよみがえる。麦をいくらか混ぜたご飯が清水の好物で、女将のマンションに清水が泊まっていく日には、米をといで麦と混ぜて炊飯器をセットするのが習わしになった。翌朝はいつも、納豆とその麦飯がテーブルに載る。

朝の光の中、美味そうに納豆を食べる清水の横顔の記憶が、女将の心に温かくて気恥ずかしい思いを呼び起こした。

「おやおや、女将、何かいいこと思い出してんでしょ」

山岡が笑いながらからかった。

「なんだろね、今、自分の世界に入り込んだ、って顔したよ」

「あらいやだ」

女将は悪びれずに言った。

「山岡さん、人を観察されるのがお上手ですね。山岡さんには隠し事しても無駄みたい。ちょっとね、納豆が好きな知り合いのこと考えていたんですよ。そのひと、今、納豆の食べられないところにいるので、どうしているのかなあ、って」

「納豆の食べられないとこって、外国?」

「ええ」

女将は芳醇《ほうじゅん》な香りがたった納豆汁を味噌汁椀によそって、吸い口に小口切りのあさつきを散らし、山岡の前に置いた。

「梅干しとか納豆は、日本食ブームのアメリカ西海岸あたりならともかく、普通に海外に行ったんじゃなかなか買えないだろうねえ」

「西海岸は日本食が流行っているんですか」

「流行ってるってより、豆腐だの醬油なんかはもう定着したと言っていいんじゃないかな。納豆も梅干しも、塩辛の瓶詰なんかも売ってるって話だよ。あ、大根も」

「……大根……大根って、アメリカでは珍しいお野菜なんでしょうか」

「そりゃ珍しいでしょう。日本とアジア、韓国とか中国以外では珍しい部類の野菜なんじゃない？　ホースラディッシュみたいなのはあるだろうけど。だけどさ、大根みたいなこっちではありふれたというか、ないと毎日の飯が成り立たないみたいな野菜を食べないで育っちゃった人間と、俺みたいにべたべたの日本人とがわかり合うってのは、けっこう難しいことなのかもね」

山岡の表情が少しくもる。だが、納豆汁を一口すすると、そのくもりは晴れた。

「ま、ややこしく考えても仕方ないことだけどね。生まれや育ちが違うって点では、北海道と九州で生まれ育った日本人同士だって違うだろうし、同じ九州でも長崎と熊本ではすごく違うっていうもんね」

「山岡さん……お知り合いに海外でお育ちになった方がどなたか?」

「うん」

山岡は里芋ご飯を箸《はし》にめいっぱいとって頬張った。

「いやこれ、美味いわ」

山岡の嬉しそうな顔に、女将はホッとする。粘り気のある炊込みご飯はあまり洗練された料理とは言えない。金をとっていい味なのかどうか、女将も少しだけ不安だった。だがおおむね客には好評だったのだが、山岡のように、食べ物に詳しく、食べることが好きな客に美味いと言われると、小さな自信にはなる。

「里芋ってのは甘いもんなんだなと、再認識させられるね。塩と昆布だしだけ、ってのが信じられない」

「里芋も、アメリカあたりにはないんでしょうか」

「ないだろうなあ。里芋の仲間のタロ芋ってのは、アジアや太平洋諸国では重要な主食だけど。ハワイもアメリカだから、まああるって言えばあるのか。里芋は日本でも、今の若い人って食べるのかね」

「どうでしょうか、居酒屋さんのメニューには衣《きぬ》かつぎとかありますから、まったく食べないことはないと思いますけど。でも、確かに少し、ひなびた風味がありますから……」

「悪く言えば田舎っぽい味だよね。でもそれがいいんだなあ……大根とか里芋とか、子供の頃にまったく食べなかった人間ってのは俺みたいな田舎もんには想像つかないんだが、広い地球で考えりゃ、そんなもの見たこともない、って人間もいっぱいいるんだよなぁ……まったく、飛行機でちょっと飛べば地球の裏側に着いちゃうんだから、ある意味、やっかいだ」

山岡は、女将がそっと出した番茶をすすって、ふう、と溜《た》め息をついた。

2

「山岡達二さん……確かにうちのお客様ですけど」

女将は、目の前の警察手帳を見つめて半《なか》ば呆然《ぼうぜん》としていた。

「……どういうことなんでしょうか……犯罪に巻き込まれたって」

「師走《しわす》ですからね、金に困って切羽《せっぱ》詰まった人間が多くなります。今年はアメリカの不況の波を押し詰まってからかぶった会社が多いとかで、今ごろになって解雇の嵐が吹き荒れてるそうですからなおさらです。状況からみて、金銭目当ての強盗事件だと考えていいかと思うんですが」

「……山岡さんは……ご容態は……」

「幸い、命はとりとめられました。ですがまだ意識が戻らない。被害者本人に事情をお聴きすることができないので、当日の山岡さんの足取りをこうしてたどって裏付けをとっているわけです」

「お怪我はひどいんですか」

「いわゆるノックアウト強盗にしては、かなりひどく殴られて、頭蓋骨骨折《ずがいこつ》してらっしゃいます。発見が早く手術もうまくいったので命は助かりましたが、意識が戻った後で後遺症の心配もあるそうです」

「……強盗なんですね……やはりお金を？」

「でしょうね。山岡さんの所持品の中に財布がありませんから。小銭入れはありましたが、クレジットカードだとか紙幣が一枚も見つかりません。カードと紙幣を入れてあった財布をとられたと考えられます。ズボンのポケットに、当日の昼間、銀行のＡＴＭで金をおろした明細書がありました。取引額は五万円となっていましたから、もしかするとその金が財布に入っていたのかもしれません。その他に、腕時計もしてらっしゃいませんでした。山岡さんの職場の同僚から聞いたところでは、いつもは腕時計をしているそうで。ロンジンの、なかなかいいものを愛用されていたようです。財布と時計、路上強盗が真っ先に狙《ねら》うものですね。それと、携帯電話もなかった。最近は携帯電話も闇に流すと金に換わります。それらのことから考えて、金銭目当ての強盗に襲われたと判断するのが妥当かと」

膝が震えてしゃがみ込んでしまいそうなのを、女将は調理台の端を摑《つか》んでなんとかこらえた。

過去にも、常連客が殺人事件の被害者となってしまったことがあった。山岡は命をとりとめたようで、それだけは不幸中の幸いだったが、しかし意識不明で後遺症も心配となれば大事だ。このばんざい屋で、好きな酒を飲み、大根を美味そうに食べ、里芋ご飯と納豆汁で満足して帰っていった一昨夜に、そんなことが起こるなんて。

「山岡さんがこの店を出られたのは」

「閉店時刻の少し前ですから、十一時前だったと思います。まだJRがあるから電車で帰れる、とおっしゃってました」

「いつもそんな時間なんですか、山岡さんが帰られるのは」

「そうですね……もう少し早いことが多いと思います。十時四十分くらいの電車に乗ると か言ってらしたことがあって、いつもは半になると腰を上げてらっしゃいました」

「一昨日《おととい》の晩は、いつもより遅くなったわけですね」

「はい。あの晩はとても寒くて、木枯らしが吹いてましたでしょう、それで他のお客様が早めに帰られて、十時過ぎには山岡さんおひとりになってしまったんです。それで二人でとりとめのないお喋りをしながらおりましたので、山岡さんもつい、ゆっくりなさってしまったのだと思います」

「そうですか。いえ、犯人が山岡さんの生活パターンを知っていて襲ったのか、それとも行きずりの犯行なのか、そういったことも調べないとなりませんのでね。一昨日の晩はたまたまいつもより三十分近く遅くなったんだとしたら、やはり行きずりの強盗事件である可能性が高いですね」

「被害に遭われたのはご自宅の近くだったんでしょうか。それともこの近くで」

「ご自宅のもより駅近くです。駅から山岡さんのご自宅までの途中です」

「あの……さしでがましいようなんですが……山岡さんのご家族の方はどなたか。いえあの……お夕飯をここで召し上がって帰られることが多かったので、お一人でお暮らしなのかと思いまして。何かわたしでお役に立てることがありましたらと……病院のこととか」

　刑事に妙な誤解をされるかもしれないな、と考えながらも、女将はそう口にすることが止められなかった。あの晩、いつもと同じ時刻にこの店を出ていれば、山岡は災難に遭わずに済んだかもしれないと思うと、どうしても自分のせいのような気がして来た。柄《がら》にもなく客と差し向いでコップのビールを飲み、その軽い酔いにまかせて親しい友人と話すように山岡と会話を交わしたあの心地よい三十分が、山岡の人生をくるわせてしまったのかもしれないのだ。

　刑事は、この女は山岡とどういう関係なのだろう、と疑問に思ったにちがいないが、それを顔には出さず、おだやかに言った。

「職場の方の話では、山岡さんは一人暮らしでいらしたようですよ。奥様はだいぶ前にご病気で……娘さんが一人いらっしゃるんですが、海外で暮らしておられるそうです」

　ああそれで、と女将は合点がいった。アメリカでの日本食事情に詳しかったのは、娘がアメリカで暮らしているからだったのだ。

「現在はまだ意識が戻られていらっしゃらないですし、集中治療室に入ってますから病院にすべて任せておくしかないですが、集中治療室を出られたらご家族がどなたかいらっしゃらないと何かと不便でしょうね。娘さんにはこちらから連絡しましたが、すぐには来られない事情がおありのようで、今週末に帰国できそうだと。他に親しくしているご親戚はいらっしゃらないとのことなんですが、娘さんから、思いつく範囲で連絡していただくようお願いはしてあります」

「そうですか……意識が戻られたら、わたしにできることでしたらお手伝いさせていただきます。山岡さんには、もう三、四年もご贔屓《ひいき》にしていただいておりましたし」

「わかりました。じゃ、病院の連絡先だけ」

刑事はメモを書きつけて女将に手渡した。

「事件としては、金銭目当ての強盗ということになりそうですが、何か気がつかれたことがありましたら、いつでもわたしに電話してください。メールアドレスも名刺に書いてあります。特に、山岡さんのことで、何か困っていたふうだとか、トラブルに巻き込まれているような言動など思い出されたらお願いします」

＊

　山岡の意識が戻ったと、刑事から女将に電話が入ったのは翌日のことだった。すでに短時間の事情聴取はできる状態らしい。集中治療室を出て入院病棟に移った、まだ帰国できないでいる娘からの依頼で、病院の紹介で付添婦がついた、とも教えてくれた。

　刑事の仮説通り、山岡は、自分を殴った男にまったく見覚えがなかった。駅から自分のうしろを歩いているというのには気づいていたが、まさか襲われるとは思ってもみなかったらしい。犯人は野球帽をまぶかにかぶり、棒のようなものを手にしていたらしいが、あまり突然のことで、身長や体格についての記憶は曖昧《あいまい》だとのことだった。山岡と個人的に繋《つな》がりのない行きずりの犯行だとすると、犯人逮捕に手間取るかもしれないと、刑事は正直に言って嘆息《たんそく》していた。

　付添婦がいるなら、自分が行っても特にしてやれることはないだろう。もう少し回復して、見舞い客の相手ができるくらいになったら、山岡の好物のブリ大根でも煮て見舞いに行こう。

　店の客の中にも、山岡の災難について知っている人が何人かいた。新聞に記事が出たせいだろう。

　女将が想像していた通り、山岡は、政府の外郭団体の職員だった。自己所有のマンションで、つつましくはあるが過不足のない生活をおくっていた、やもめの初老の男。

山岡がしきりと気にしていたのは、育った食文化の違うものと理解し合えるのか、という問題だった。あれ以来、女将もそのことについて、ついつい、考えてしまう。

思えば、若い時に陥った激しい恋の相手は、親子以上に歳の離れた男だった。画家として若い頃から才能を評価され、金に困ったことのない男。洋風の生活に馴染《なじ》み、パリに馴染んでいた男。

パリの日本料理店でアルバイトをしていて知り合った。だが男は、和食が懐かしくてその店に通っていたわけではなかった。男は、納豆も味噌汁も嫌い、チーズと赤ワインとフランスパンを好んでいた。

自分は、彼のことを、理解していたのだろうか。

彼のことが、少しでも、わかって、いたのだろうか。

嵐のように過ぎ去った恋の代償はあまりにも大きくて、今ではもう、楽しかった思い出すら封印してしまった。

それでも赤ワインとチーズとフランスパンだけの夕食を、月に何度かはとってしまう。

他に何もほしくないと思う夜がある。

ワインとチーズの香りや味を楽しんでいる時に、あの激しい恋とそのあまりに悲しい顚《てん》末《まつ》について思い出すことがないとは言わないけれど、不思議なことに、自分で怖れていたほどには思い出さずにいられるのは、記憶の大部分を心の引き出しにしまいこみ、鍵をかけてしまったからだという気がする。

ただ……

封印できないもの、もある。

記憶のように意図的に鍵をかけてしまっておけないもの。

女将とその男との愛がつくり出した、少年。

生まれてすぐ、女将は我が子と別れた。やむを得ない事情があった、というのは言い訳だ。女将は今でも、子供を手放してしまった弱い自分を赦《ゆる》してはいない。が、結果的には、我が子は良い環境で叔母《おば》の愛に育まれてすくすくと育ち、魅力のある少年となった。自分のしたことは赦せなくても、自分の選択が間違っていたとは思っていない。

少年は、三、四ヶ月に一度、叔母と共にばんざい屋にやって来て、夕飯を食べていく。

会話、と呼べるほどの言葉は交わさないが、少年がすでに事実を聞かされて知っていることは、その様子でわかった。少年が二十歳になった時、あらためて母だと名乗ってもよいと、少年の叔母、といっても祖母ほども歳が離れているが、悲しい恋の相手だった男の妹が言ってくれた。けれど、あらためて名乗る必要はなさそうだ、と女将は感じている。少年を育てた叔母である老婦人は、きちんと少年に理解できるよう説明してくれたのだろうし、女将のことも決して悪くは吹き込んでいない。少年が、自分を手放した実の母親を恨んでいないことはその様子でわかる。

だとすれば、他に何を望むことがあるだろうか。今さら失った日々を埋めることなどできないのだし、埋めることにたいした意味もないのだから。

息子は、赤ん坊の時から叔母に育てられた。自分は息子が茄子《なす》が嫌いだということも知らず、息子に秋茄子を料理して出そうとしていた。

あの子は自分の知らない過去を持ち、自分の知らない文化の中で育ったのだ。

女将は思う。

納豆や大根を知らない世界で育った人とわかり合おうとするのに、過去にこだわっていても仕方がないのだ。なぜ納豆の美味しさがわからないのか、なぜ大根の素晴らしさが理解できないのかと相手を訝《いぶか》しむことに何の意味もない。大事なことは、互いのことは何も知らない同士、ひとつずつ、知っていこうと努力する姿勢だ。

過去にこだわっても得られるものはない。

開店時刻に近かったので、料理の仕込みの仕上げにとりかかり、カウンターを拭いて椅《い》子《す》の位置を直した。花瓶の花を抜いて傷んだものを取りのけ、まだ元気なものは切り戻し、店に来る前に花屋で買って来た新しい花と共に活《い》け直す。毎日毎日繰り返すそうした作業のひとつずつを、女将は愛している。

丸の内再開発の仕上げなのか、ばんざい屋が入っている古いビジネスビルも遂に建て替えの話が持ち上がった。ばんざい屋も、新ビルに入るか移転するか、選択を迫られている。

新ビルに入れば、多少の優遇はあるにしても、今の家賃とは比較にならないほど高額の賃貸料を払うことになる。カウンターだけ、料理単価がほとんど千円以下、という今のばんざい屋の規模では、とても採算がとれそうにない。かと言って移転してまでこの店を続けたいのかどうか。移転する、ということは、これまでの常連さんのほとんどを失うということだ。新しい町、新しい客で商売を続けていくだけの元気は、今の自分にはない、と女将は思っている。

決断の時は近づいていたが、女将は半ば諦める気分になっていた。自分の力ではもうばんざい屋を続けていくことはできそうにない。

カウンターの白木がいい具合の色合いに育って、ところどころに傷がついているのも歳月を思わせて愛しい。

もう一度布巾《ふきん》できゅっきゅと音をたててカウンターを拭き、開店の準備がほぼ整った。

ブリのアラが入ればブリ大根を煮るつもりで頼んでいた大根が先に届いてしまった。アラは明日になりそうだと魚屋が連絡をくれた。大根の新鮮さを失わないように濡れた新聞紙でくるんで野菜室に入れたが、二本ほど入り切れない大根が残った。

さて、どうしよう。

柚子味噌のふろふき大根が定番だが、少し今夜はいたずらをしてみたい気分でもある。

女将の頭に、ふと、山岡の顔が浮かんだ。

子供の頃から大根を食べつけていない人とわかり合えるのは難しい。山岡はそう言っていた。

冷凍庫を確認し、女将は少しの間、料理のイメージを頭に描こうとした。以前に試作して食べてみたことはある。味は悪くないと思う。ただその時は、和風の味付けにしてしまった。それが少し、物足りない気がした。和風に大根を食べる調理法ならばいくらでもある。

幸い、今夜も寒くなりそうだった。天気予報は、夕方から小雨。

氷雨が降る。

3

口開けの客は、見慣れぬカップルだった。とても若い、まだ二十歳をいくらも過ぎていないように見える女性と、なかなか男前の、三十くらいの男性。二人とも一見《いちげん》さんだ。

女性はおずおずとカウンターに座り、それからなぜか、女将の顔をじっと見た。男性の方は、カウンターの上に並べたおばんざいの大皿を物珍しそうに眺めている。

「お飲み物はどういたしましょう」

女将が訊ねると、女性は連れの顔を見て、英語を話した。飲み物は何がいいか、と言ったように思った。

男性は、見た目はまったく東洋人、というか日本人だった。だがその口から出た英語はおそらくネイティヴの発音だろう。日系なのかもしれないが、日本人ではないらしい。

大皿の料理をすべて食べてみたい、というリクエストだったので、女将は端からおばんざいを少しずつ器に盛って出した。

青菜と油揚げの煮物は、青菜のたいたん、と呼んでいると教えると、たいたん、という言い方が面白いと言って喜び、それを連れに通訳する。青菜は小松菜だと教えると、小松菜とはどういうものなのかまた連れに説明を始めたので、料理していない小松菜を取り出して男性の方に見せてやると、無邪気に喜んだ。初めて見る野菜らしい。

エビ芋と棒ダラの煮物には、生のエビ芋の形がとても面白いと喜び、戻していない棒ダラを見せると二人して歓声をあげた。こんなに硬いものが食べられるようになるなんて信じられない、そう言いながら棒ダラを口に入れ、甘いけれど美味しいとまた喜ぶ。

小茄子の茶筅《ちゃせん》切りは、ちょっとやって見せると二人して手を叩いて喜んだ。

他に客はいなかったので、おばんざいと京野菜の説明を一通りしてやった。

万願寺《まんがんじ》とうがらしの揚げ煮びたし。

ひろうすのたいたん。

身欠《みが》きニシンの甘露《かんろ》煮は、にしん蕎麦《そば》にして〆に食べてもいい、と教えたが、日本人である女性客も、ミガキニシンというのは、磨いたニシン、と書くのかと思っていたと笑った。

山椒《さんしょう》が関東の調合より多めに入っている京風の七味唐辛子にも興味津々の二人だった。

おばんざいを一通りたいらげ、それから鱈《たら》の白子《しらこ》を出汁で温めたものに舌鼓を打ち、最後に約束のにしん蕎麦をすすって、ようやく番茶の出番になった。二人とも酒はほとんど飲まず、最初に頼んだ瓶ビール一本がやっと空になっただけだった。


「これが京番茶、なんですね。独特の香り」

「焦《こ》げ臭いとか、田舎臭いとおっしゃる方もいらっしゃいますね。ほとんど揉んでいない半ば開いたままの硬い葉のお番茶です」

「面白い香りだけど、わたしは好きです。リッキーはどう？」

リッキーと呼ばれた男性は、神妙な顔で茶をすすり、にっこりしてうなずいた。

「この店のことはどちらで？　ここ、ちょっとわかりにくい場所でしょう」

デザートに、金柑《きんかん》を甘く煮てバニラアイスクリームにコアントローで香りをつけたものとざっと混ぜたものを出しながら女将は訊いた。

女性客は、アイスクリームを一口食べ、また歓声をあげてから言った。

「父の日記に書いてあったものですから……日記を盗み読むつもりはなかったんですけ

ど、警察の方が、万が一怨恨が原因で襲われたということもあり得るので、日記を提出して欲しいと言って。父のプライバシーにかかわることなので、警察に渡す前にざっと読んで、他人に読ませてもいいものかどうか確認しなくてはならなかったんです。父は意識が戻って日記を提出することには同意したんですけど、すごく記憶とか曖昧で、まだきちんと考えて喋れないみたいで。父の日記で、この店で夕飯をよく食べているとわかったので、父がどんなものを食べているのか知りたくなったんです」

女将は驚いて、女性の顔を見た。

それでやっと合点がいった。この女性がアメリカに渡った山岡の娘。そしてこの連れの男性が、山岡を悩ませていた要因だったのだ。子供の頃に納豆や大根を食べて育っていない人。

娘の婚約者か、それともすでに結婚しているのか。いずれにしても山岡は、この、見た目は日本人なのに中身がアメリカ人の男とどうやって意思疎通をはかればいいかと、それを案じていたのだ。

「京都の庶民のおかずなんですってね、おばんざい、って。わたし、京都は修学旅行でしか行ったことがないんです。それで父の日記を読んでもどんな食べ物なのかわからないものばかりで。父が、あれが美味しかった、これが美味しかったと書いていると、どうしても食べてみたくなっちゃって。でも来てよかったです。本当に、なんだかホッとするお味ばかりで……高校生の時にホームステイでアメリカに行ってから、ずっと向こうで暮らしていたんです。でも、おばんざいの味で自分はやっぱり日本人だなあ、と思いました」

大根。納豆と、大根。

「あの……もうデザート召しあがってしまわれたのに、こんなことお願いするのは申し訳ないんですけれど」

女将は、鍋の蓋をあけ、大根の具合をみた。なんとか間に合った。

「新しいメニューを考えていたので、もしよろしければ、試しにお味をみていただきたいんですけれど」

二人はまた歓声をあげた。女将は、味見の分として少しずつ、大根を小皿によそって出した。

「大根の……煮物ですよね、これ」

「はい」

山岡の娘は、怪訝《けげん》な顔で首を傾げる。別に珍しい料理ではないと思ったのだろう。だが箸で一口、大根を口に入れて、あら、と嬉しそうに笑った。

「これ……オックステイルのスープですね！」

「よくおわかりですね。ええ、オックステイルのスープです。お肉は一緒によそいませんでしたけれど。下茹でした大根をオックステイルのスープに入れて、味をふくませました」

「なんだかとっても、お洒落な味！　大根って洋風のコンソメみたいなものでもいいんですね！」

「まだ試作途中なんですけど、この大根はこのまま出すのではなくて、ステーキにしようと思っているんです」

「大根のステーキ、ですか」

「はい。オックステイルスープを含ませた大根を、牛脂で焼いて、赤ワインと醬油のソースをかけてみようかなと思っています」

「わあそれ、食べたい！」

「召し上がります？　でもデザートのあとでは」

「大丈夫です。この大根食べたら、またお腹すいちゃったみたい」

リッキーが早口で英語を話した。山岡の娘は、ニコッとした。

「リッキーもすごく美味しいって」

「それはよかったです……大根のお味に子供の頃から馴染んでいなくても、美味しいと思っていただければ。あの……納豆はご無理でしょうか」

「納豆？　わあ、食べさせたことないけどどうかしら」

「納豆でも一品、思いついたものがあるんですよ。ごま油で炒めてオイスターソースで味つけて、レタスにのせてみようかと」

「それも美味しそう！　今、作れますか？」

山岡の娘は早口な英語でリッキーに説明を始めた。

二人の仲むつまじい様子を見ていると、山岡がこんな二人の間にすっと入れずに戸惑っている様が思い浮かぶ。

山岡は、大根のステーキや納豆の炒め物をどう思うだろうか。

堅い仕事について真面目に生きて来て、妻をなくして一人、京のおばんざいを食べるのを楽しみにしている山岡が、外国で暮らして外国の文化の中で恋をした娘とその恋人にどう接すればいいのか悩む気持ちはわかる。わかるけれど、山岡自身、そこから先に踏み出さなければ「新しい家族」を得ることはできないのだ。

不幸な事件の後遺症で、山岡は仕事が続けられなくなるかもしれない。娘を頼って渡米することもあるかもしれない。

山岡の見舞いには、大根のステーキを持って行こう。ブリ大根のかわりに。

新たな客が入って来た。濡れた傘を傘立てにさし、ぶるっと身を震わせる。

「女将さん、外、雨が冷たいよ。氷雨ってやつだな。なんかあったかいもん食べたい。大根の煮たやつとかない？」

その言葉に、山岡の娘が可愛らしく笑った。

氷雨の降る夜には、大根が恋しくなる。

その気持ちをこのリッキーという人が、いつか理解してくれたら楽しいな、と女将は思った。

お願いクッキー

1

有美は、はっきりと聞こえているのに聞こえませんでした、という顔で担当医を見た。もう一度、確かめたかった。自分の聞き間違いだと思いたかった。

「ここですね。ここをよく見てください」

担当医は、パソコンの画面に映し出された画像の一部を、ポインターで囲んだ。その部分が白い輪で強調される。

「腫瘍《しゅよう》です。前回と大きさは変わっていませんが、組織検査の結果と合わせて、残念ですが、初期の乳癌《にゅうがん》である、と判断できます」

ああ、やっぱり。聞き間違いでも言い間違いでも、夢でもなかったんだ。

癌なんだ。あたし。

「しかし直径はまだ一センチほど、幸い、リンパ節からは比較的離れたところですし、乳房下部ですから、部分切除が可能です。つまりその、乳房は温存できます。ただ初期、というか、第一ステージという段階でも、乳房を温存する手術方法を選択された場合は術後に放射線治療が必要になります。術後すぐは八週間連続で、その後は経過をみながらということになりますが。さらに、抗がん剤の投与もしばらくの間、転移の可能性が少ないと判断できるまでは続けることになります」

担当医は、有美の顔をちらっと見て、また画面に視線を戻し、淡々と続けた。

「全摘手術を選択されるのでしたら、この段階ですと放射線治療は必要ないと思います。抗がん剤も、経過にもよりますが、通常ですと比較的早く投与を終了することが可能でしょう。ただし、その、美観の点というかですね、乳房がなくなるわけですから、独身女性の場合はいろいろと。それとですね、リンパ節も切除してしまうことになるので、傷痕が大きく、しばらくの間は腕が動かし難いということもあります。リハビリで動くようになりますし、生活には支障なくなりますが」

担当医は、どうしますか、と言いたげに有美を見た。

「当病院では、手術方法については患者さん本人の選択を尊重する方針なんです」

「あの、でも」

有美は自分の声が掠《かす》れているのを感じた。

「どっちの方がいいのか、素人に判断は」

「実際の腫瘍がどの程度の大きさのものかは、摘出してみないと正確にはわかりません。ですが、検査で判断する限りではまだ第一ステージであるのは間違いないと思います。平たく言えば、乳癌でも初期です。この段階で摘出できれば、生存率はかなり高い。転移さえなければ、乳房を温存する手術方法でも、全摘と比べてものすごく不利だ、ということはないと、わたしは考えます。これはまったくわたしの個人的な意見で、医学的というよりはカウンセリングのようなものなんですが、あなたのような若い患者さんの場合、乳房が片方なくなってしまうことによる精神的ショックは、大変に大きいものだと思うんですよね。わたしは男なんで、理解できる、と簡単には言えませんがね。癌に限らずどんな病気でも、精神的な衝撃というのは決して治療にプラスにはならないと思います」

「つまり、癌のところだけ取り除く手術にした方がいいってことですか」

「どちらがいいのか、単純には比較できないんですよ。部分摘出の場合は放射線治療や抗がん剤など、術後が大変です。ご存知だと思いますが、放射線治療は個人差はあってもかなりの肉体的ダメージを受けるもので、抗がん剤は副作用の問題がどうしてもついて回ります。しかし、部分摘出されるのでしたら、どんなに辛《つら》くても、決められた回数、決められた期間はきっちりと治療に取り組んで貰《もら》わなくてはなりません。特にあなたのような若い方の場合には、一般論として、転移の危険性が高い、というのは事実です。一般に若年性乳癌は」

担当医はここで言葉を探すように顔を天井に向け、そのままぼそり、と言った。

「転移率が高く、生存率も、そのですね、高齢者のケースよりは低くなってしまうんです」

要は、おっぱいを片方諦めた方が、生き延びるチャンスがちょっと増える。そういうことだろうか。でも片方おっぱいのない女は、結婚だって難しくなるだろう。あとで鏡を見るたびに泣きたくなるだろう。それで精神的に参っちゃったら、治るものも治らないかもね。

そう言っているのかしら、この人。

えっと。

そんなこと突然言われたって。決められないよ、今すぐになんて。

でも決めないと。決めないといけないんだ。なぜなら、一日も早く手術しないと、癌がどんどん大きくなっちゃうから。

一日一日、あたしが死ぬ確率が高くなっていくんだから。

「乳房は残してください」

有美は、自分の決心が変わらないうちにと、早口で言った。

「やっぱりまだ、もう少し、別れたくないんです。乳房と」

＊

「覚悟はしてたんですよね」

カウンターで頬杖をついたまま、けだるい口調で彼女が言うのを、女将は黙って包丁を動かしながら聞いていた。平日の開店直後、暖簾《のれん》を出すか出さないかのうちに店に入って来た常連の川上有美は、生ビールと、なんでもいいからすぐ食べられるもの、と注文するやいなや、堰《せき》を切ったように喋《しゃべ》り始めた。まだ他に客はいない。

「再検査で腫瘍マーカーとかいうのが数値高い、って出て、エコーとCTでやっぱはっきり腫瘍があるって言われて、それで遂に癌センターで。もうその時点で、九分九厘、癌だろうなあ、って。不思議なもんですよね。いざ自分にそういうことが起こった時、わたしね、自分の性格からしてかなり落ち込むなり慌《あわ》てるなりするかと思ったんだけど、自分でもおかしいって思うくらい落ち着いてた。それよりも、昔と変わったんだなあ、っていうのが感想というか」

「昔と、変わった？」

「そう、すごく変わったなあ、って。昔ね、わたしが高校生の頃に、叔母《おば》が癌になったんですよ。今からまだほんの十七、八年前ですよ。でもその頃はまだ、本人にあなたは癌です、って医者が直接言うのって、当たり前でもなかったみたいで。叔母も乳癌で、片方おっぱいとっちゃって、それでも転移しちゃって、でもなんだかんだで十年くらい頑張っていたかなあ。数年前に、とうとう。だけど最初にわかった時には叔母に直接告知されずに、わたしの母親、叔母の姉ですけど、医者に説明されたんだそうです。叔母の場合、その時もう中期だったかなあ、腫瘍がけっこう大きかったってのもあるんだろうけど。今はあんなにあっさり本人に言うんですね。ほんと、あっさり。パソコンの画面見ながら、あ、ここ癌です、みたいな感じで」

「それだけ、早期発見だと治る率が上がっているということなんですね」

「うん、お医者もそう言ってました。わたしのこれ」

有美は自分の胸を指さした。

「第一ステージ、とかいう段階なんで、普通ならそんな心配しなくていいんです、って。

ただ、わたし、若いらしいんですよね、つまりその、乳癌にかかる人の平均年齢からすると。癌って若い人の方がやっかいなんですってね。癌細胞が増殖するのが速くて、転移もしやすいとか」

女将は、刻んだ分葱《わけぎ》を酒蒸ししたあん肝《きも》の上にぱらっとのせて、小鉢を有美の前に置いた。

「わあ、これあん肝ですか！　大好物っ」

「そろそろあんこうの美味しい季節ですから。お通しがわりに、ほんの少しですけど。今日は大根をたいてありますけど、柚子《ゆず》味噌で召し上がります？　それとも鶏そぼろあんにします？」

「両方あるんですか！」

「ええ」

女将は苦笑いした。

「わたしって妙なところで決断力がなくって。どっちにしようかしらって迷っているうちに、考えるのが面倒になって二種類とも作ってしまいました」

「だったらわたし、両方食べたい！　だめですか？」

「もちろん構いませんけど、でも、お大根ばかりふたつも」

「大根、大好きですから。冬はやっぱり大根でしょう、なんてったって」

有美は明るく笑って、箸《はし》を振り、ジョッキを傾ける。

強いひとだ、と女将は思う。けれど、脆《もろ》い強さだ、とも思う。

他の客が店に入って来てからは、有美は病気のことは喋らなくなった。顔見知りの常連といつものように他愛のない愚痴《ぐち》の言い合いをして、サッカーの話題を熱っぽく語り、二皿の大根と、鯖《さば》の塩焼きと、けんちん汁にかやくご飯を平らげて、笑顔で店を出て行った。

帰り際、釣り銭を手渡す時に、「手術、再来週の木曜なんです」と、一言告げて。

2

「一年なんてあっという間だね」

珍しく店に顔を出した清水が、抱えていた箱をカウンターの上におろした。女将は清水のコートの肩に、融けかかった氷片を見つけて指を伸ばした。だが女将の爪《つめ》がかすかに触れたのと同時に、氷片は水滴へと変わった。

「みぞれ、降っているの？」

「うん」

「どうりで寒いはずね。今年の冬は暖冬だってテレビで言ってた気がするけど」

「どんな暖かい冬にだって、寒い一日はあるよ」

清水は優しい笑顔になった。

「だって、冬だもの。たまには寒いと思える夜がないと、冬の良さが味わえない」

「冬の良さ？」

「今夜は寒いね、って言いながら、じゃあ暖まろうかって、鍋つついたりさ、炬燵《こたつ》にもぐったりさ。寒いから暖まりたい、暖まりたいから寄り添いたい。冬の方が、人と人の距離って近くなるような気がしない？」

「それはそうね」

女将は、清水のコートをそっと脱がせて預かった。肩にのった水滴がこぼれる。軽く振ると、水滴はすべてころころと転がり落ちた。防水加工されているのだろう。何年も大事に着込んだ、とても重たい、古めかしいコートだ。清水が外国を流れ歩いていた頃にイギリスで手に入れたものだと、以前に聞かされた。

清水が身に着けているものはすべてがこのコートのようだ、と女将は思う。ひとつずつ、みんなに物語がある。高価なものなどはほとんどないのに、ひとつずつ、みんなが貴重で大事なものに見える。

古道具や骨董雑貨を生業《なりわい》にしている男だからと言ってしまえばそれまでだけれど、女将は清水が好んで大切に身に着けているものすべてを、自分も好きだ、と思う。

二人が互いを恋人だとはっきり思うようになってから、もう三度目のクリスマスが近い。

「この箱は」

「約束していたでしょう。ちょうど手ごろなのを見つけたから」

蓋《ふた》を開けると、中にはプラスチックの濃い緑色の葉をつけた、まがいもののモミの木が入っていた。クリスマスツリーだ。

「今どきのお洒落《しゃれ》なやつじゃなくて、昭和四十年代くらいに家庭で飾っていたようなのがいい、なんて、けっこう難しい注文だったからね。これ、昭和五十一年製品なんだけど、新し過ぎる？」

「ううん、これでいいわ」

女将はプラスチックの葉に触れた。

「懐かしい。実家で毎年飾っていたのも、こんな感じの安物だったから」

「今はもっと安くてもっとお洒落なのがいくらでも買えるよ。オーナメントも、こんな安っぽいのでほんとにいいの？」

箱の隙間にはビニール袋に詰められたオーナメントが入っていた。少し毒々しい色の濃いピンクや青、金色の球が見えている。サンタの人形もある。

「お星さまは」

「ここに」

清水がツリーの先端に飾る銀色の星を取り出した。厚紙の星に銀色の紙のようなものが貼り付けてある。

「だけどさ、こんなセンスのない色のオーナメント、この店には似合わないんじゃないかな」

「そんなことないわ。このお店はそんなにハイセンスなお店じゃないもの」

「でも、今まで一度も、クリスマスツリーを飾ったことってないでしょう？　どうして今年は飾りたいって思ったの」

「特に理由はないの。ただの気まぐれ」

女将は、濃いピンク色の球をビニールの袋からつまみ出した。懐かしさが胸にこみあげて来る。素材は何なのか未《いま》だに女将にはわからないが、その球は、割れるのだ。ぱりん、と割れる。子供の頃、飾り付けをしていてうっかりひとつ割ってしまい、大泣きをした記憶がかすかにある。

今はもう、子供が飾り付けをするこんなものに、割れるような素材は使われていないだろう。同じプラスチックのモミの木でも、最近のものはどれも本物のような上品な質感を持っているか、銀色や七色に輝く雪のような白さの素材で作られていて、子供が適当に飾り付けてもそこそこ美しく、センスよく飾れるようなものばかりだ。オーナメントも昔とはすっかり変わってしまった。下品なほどどぎついこんな色合いの球などではなく、林檎《りんご》やプレゼントの箱、輝くベル、ハート型のきらきら光るラインストーンに覆われたものなど、どれも素敵だった。女将は清水に頼む前に、おもちゃ量販店やギフトショップなどをまわって小さいツリーを探してみた。けれど、どれもこれも、女将にとってはあまりにも素敵で洒落ていて、ばんざい屋には似合わない、そんな気がしたのだ。

「オーナメントは少なめにするわ。さすがにこれ、全部ぶらさげたらお客様に笑われそうだし。でも、お星さまと、それにこの球はいくつかさげさせてね」

「この店は君のお城だから、君が好きなように飾ればいいよ。君のことだから、そんな濃いピンクや青のぎらぎらした物でも、きっと素敵に飾っちゃうだろうし」

「そんなの買いかぶりよ」

女将は軽く笑った。

「でも、ちょっと考えていることはあるの」

女将は、カウンターの中からラップをかけた皿を取り出して清水に見せた。

「これ、クリスマスのクッキー？」

「ええ。でも食べる為というよりは、オーナメントにしたらどうかな、って。だからかなり硬く焼いてあるの。堅焼きのおせんべいくらい歯ごたえがあるわよ。水分をできるだけ減らして、クリスマスが終わるまでカビが生えないようにしたいから。これは試作品」

清水は、長靴の形のクッキーをつまんだ。

「あれ？　これ、シナモンとちょっと違うな。もしかして、桜？」

女将は微笑んだ。

「ええ。ピンク色に見える生地には、桜の花の塩漬けを使ってあるの。それと赤紫蘇《じそ》も少しね。こっちの緑色のは抹茶。黄色のは、くちなしをほんの少し」

「和風クッキーか」

「飾り用は硬くしておくけど、イヴが近づいたら食べても美味しいのを作って、小分けにしてお客様のお土産にどうかな、って」

「それはみんな、すごく喜ぶと思うけど。でも大変でしょう」

「今から準備するからそんなに大変でもないわ。クッキーなんて、起きてからお店に出るまでの間に焼けるし。生地はお店で仕事の合間に作って持って帰って、冷蔵庫に入れておけるから。飾り用にはね、小さなカードも一緒にしてさげようかなって。カードはお客様に、お願いごとをひとつだけ書いてもらって」

　清水は笑い出した。

「なんだかそれじゃ、クリスマスじゃなくて七夕《たなばた》だな」

「いけない？」

「いや、ぜんぜんいけなくなんかないけど。どうせ僕ら、キリスト教徒でもないのにクリスマスなんて楽しむわけだから、イベントにしちゃうしかないんだし。でも、カードを用意したり毎日クッキー焼いたり、大丈夫？　何か僕、手伝おうか」

「ううん、ひとりでやりたいのよ。今度のクリスマスは」

　女将はひとつ、小さな溜め息をもらして、清水に二つ折りのクリスマスカードを見せた。

「これをね、クッキーと一緒に皆さんに、手渡したいから」

『ご挨拶

まことに突然ではありますが、当「ばんざい屋」は、今月二十八日をもちまして閉店とさせていただくことになりました。

お客様にはご愛顧いただき、本当に感謝いたしております。

なお、少しの間準備の時間をいただくこととなりますが、別の場所にて再びの営業を予定しております。その節には以下のURLにおきましてお知らせいたしますので、またお立寄りいただければと思っております。

皆様に、楽しいクリスマスと、そして素晴らしい新年が訪れますことを。

ばんざい屋店主　吉永　』

文末から数行分の余白があり、ばんざい屋のホームページのURLが書かれている。そのURLのアルファベットまで含めて、すべて手書きだった。

「決心、ついたんだね」

清水の言葉に女将はゆっくりとうなずいた。

「こんなにぎりぎりまで言わなくて、ごめんなさい」

「いいんだ。この店のことは、あなたが一人で決心して、したいようにすればいい。でもビルの立ち退き期限は三月だろう？　今月で閉めちゃうのは、ちょっと早くない？」

「一日引き延ばせばそれだけ、未練が残るでしょう。新しいお店を開くなら、やっぱり春がいいから、年が明けたらすぐ準備に入りたいのよ」

清水は丸い椅子に腰をおろした。

「正直、ホッとした」

「新しいビルにテナントとして入ってまでここで続けるのは無理がある。だけど、せっかくこんないい店なのに、やめちゃうのはもったいない。あなたがどんな選択をするのか、少し心配していた」

「本当はね、やめてしまうつもりでいたの」

女将は、清水の前にグラスを置き、瓶《びん》からビールを注いだ。清水はそれを一礼して半分飲み干してから、オーナメントを丁寧に箱にしまい、クリスマスツリーに蓋《ふた》をした。

「丸の内って特殊な場所でしょう。お客様の大半は会社帰りに寄ってくださる。もし場所を移転してしまったら、たとえ都内であっても、きっとお客様の顔ぶれはすっかり変わってしまう」

「常連さんは出向いてくれるんじゃないかな。ただ場所が会社に近いってだけじゃなくて、雰囲気とかあなたの料理のファンは多いんだから」

「最初のうちは来てくださる方もいるでしょう。でも、残業のあとふらっと立ち寄れるからここが好き、という方はやっぱり多いわ。数ヶ月もすれば、新しい町の新しいお客様に入れ替わる。正直、それが怖かったの」

「ここ、いいお客さんがついてるものな」

「ほんと。わたし、自分がすごく運がいいんだなっていつも思ってた。ここに来てくださるお客様はみなさん、この店で過ごす時間をとても大事にしてくださっていたから」

「それはさ、あなたがこの店を、この空間を、どれだけ大切にしているかが伝わるからだよ。変なたとえになるけど、人っておかしなもんで、汚れている場所を汚すのはなんとも思わない、良心も咎《とが》めないし恥ずかしいとも感じないんだよね。ほら、公園のトイレとか。あ、ごめん、料理始めたのにこんな話」

「ううん、よくわかるわ。デパートや高級ホテルのすごく綺麗なお手洗いだと、みんな神経をつかって汚さないように使うのよね。なのに、駅や公園のトイレだと汚しても平気で出て来てしまう」

「いくらこまめに掃除したって、ああしたとこだと限界があるからね。でも本当ならば、みんなが最初から汚さないように気をつけていれば、汚れないはずなんだ。なのに人は時として、ひどく無神経になる。飲み屋も似たようなとこがあるんじゃないかな。客が、従業員や店主にやる気がないのを見透かして、舐《な》めてかかってると、どうしても飲み方が荒くなる。でも、カウンターの中の女将さんが、丹精込めて育てている店だと感じたら、酔いにまかせてみっともないことしないよう、自然と自分をセーブできるもんなんだと思う。もちろん、人間だからね、抑制のきかなくなる時もあるだろうけど。みっともなく酔い潰れてしまいたいことも、ね。あ、筋子《すじこ》？」

「ええ。この冬初めての筋子です。ばらしてイクラの醬油漬けにしようかと思ったんだけど、筋子のままがいい、っていうお客様もけっこう多いので、半分はこれで」

「僕も筋子って好きだな。塩分が強そうだから、あまり食べたら健康に悪いんだろうけど。イクラもいいんだけど、筋子のね、ちょっと生臭いというか、あまり洗練されてない風味がいい。このさ、卵を包んでる膜。これが口に入ると邪魔なんだけど、それがなんていうのか、自分は今、命を食べてるんだな、って気がするんだ。人間は本当に食いしん坊で欲が深いよね。産卵を終えて寿命が尽きた鮭を食べればいいのに、こうやって、まだ産卵していない鮭をとって、卵まで食べちゃう。産卵を終えた鮭は痩《や》せててまずい、こっちのほうが美味い、だから食べちゃうんだ。ひどい話だよね。ひどいけど、でも美味いものを食べたいって欲に勝てない人間の弱さみたいなの、僕はさ、なんて言うか、嫌いじゃないっていうか」

清水は女将が筋子の横に置いた冷や酒のグラスを、軽く拝むようなしぐさで手にしてすすった。

「ああ、これだ。筋子にはやっぱり日本酒だ」

清水のおかげだ、と、女将は思った。この人のおかげで、この店をたたみ、知らない町で再出発する勇気が持てたのだ。慣れ親しんだ客と別れ、受け入れて貰えるかどうか、気に入って貰えるかどうかまったくわからない新しい場所にばんざい屋を移すことは、とても怖い。今でもまだ、やっぱりよすわ、と言ってしまいたい。でも、清水がそばにいてくれるから、この人がこうしてたまにカウンターに座り、自分が出した肴で美味しそうに酒を飲んでくれるから、自分は思いきることができるのだ。

新しい町のばんざい屋に、たとえ一人の客も来なくなってしまったとしても、カウンターに清水が座ってくれれば、泣かずに前を向いていられる。きっと。

「次の定休日にツリーを飾るわ」

　女将はカウンターに置かれたままの箱を撫でた。

「それから閉店まで、飾っておきたいんだけど、おかしいかしら、クリスマスが終わってからもツリーを出しておくのって」

「いいさ、そのくらい。お雛《ひな》さまだって、京都では慌ててしまったりしないで、三月いっぱい出しておくんでしょう？」

「そう、三月は雛の月、と呼んで」

「クリスマスツリーだって、数日しまうのが遅れるくらいどうってことないさ。華やかなままで終わろうよ、どうせなら」

「そうね。せっかくですものね」

　女将はうなずき、カウンターを出てツリーの箱を抱え、店の片隅に置かれている昭和初期の戸棚の中にしまった。

小さなバルコニーには誰もいない。

3

有美は無意識に煙草を探している自分の右手に気づいて、左手で甲をぴしゃっと打った。

乳癌の疑いが濃厚になってしばらくは、煙草を喫いたいという気持ちがまったく起きず、禁煙を意識していないのに一本も喫わない日が続いていた。なのに、もういよいよ逃げられない、おまえは癌だよ、と宣告され、手術日まで決められてしまった今になって、ものすごく煙草が恋しいのだ。どうせ癌は摘出しちゃうんだし、今さら少しばかり煙草喫ったからって寿命に影響なんかないよ、という開き直った気持ちになる。だがもちろん、四十前の若い乳癌がそんな甘いものではないということは、ちょっとインターネットで検索をかけてみただけで思い知った。担当医の説明は嘘ではない。第一期の乳癌が摘出手術で治癒する確率はここ十年飛躍的に上がっている。乳癌は、早期発見できればもはや死の病ではない。が、年齢が若くなるに従って転移の危険性は増大する。

少し前までは、歳をとっていくことを憎んでいた。いつまでも二十代でいたいと思っていた。若いということは何にも替えられない財産だと信じていた。自分よりひとつでも年上の女は、自分より不幸なのだと蔑んでいた。

こんなことがあるなんて。

こんな残酷な罰が、待っていたなんて。ああ。

なのに涙は出ない。まだまるで、他人のことのようだ。上司には事情を話して病欠の手続きはとった。術後が問題なければ三週間もあれば職場復帰できる。放射線治療でしばらくは早退や遅刻など時間休をとる必要があるが、それも了承された。ただ、病名はもちろん伏せて貰う。いない間の引き継ぎも順調だ。一つだけ自分が中心になって動いているプロジェクトがあるので、その打ち合わせだけは入院の前日までかかりそうだが、後任者は信頼できる後輩なので心配はしていない。

結局。

有美はバルコニーから身を乗り出し、ビルのすぐそばを通っている道路にぎっしりと詰まった車の列を眺めた。

わたし一人が今この世から消えてしまっても、困る人なんてほんとはいないんだろう。いなくなった当初は少しばかりあたふたすることもあるだろうけど、そのうちにはいなくてもすべてが何とかなってしまう。誰かがわたしの代わりを務め、それで物事はそれまでと同じように流れて行く。

乳癌にかかりました。手術します。治るかもしれません。でも、死ぬかもしれません。だからって、世の中は何も変わらない。わたしが助かろうと助かるまいと。

それを悲しいとか寂しいとか思う必要もないのだ。わたしだって、これまでそうやって無数の「死」を受け入れて来たのだから。

そうでなければ生きて行くことなんかできないんだし。

ただ、さ。なんだか悔しいんだよね。悔しい。このままもし死んだとして、わたしがこの会社でこれまでやって来たことが、一年も経たないうちにみんな忘れられ、過去のものになり、誰かが違う方法を考え出し、そして会社自体は何の影響も受けずに流れて行く。

それを想像すると、悔しいんだ。

ようやく、あなたは癌です、と担当医に告知されてから最初の涙が頬を伝った。ただそれが、悲しみやおそれの涙ではなく、悔し涙であることが、なぜかおかしい。今、自分が死ぬ、ということは間近な現実として目の前に迫っているのに、恐怖ではなく悔しさが、わたしを泣かせている。

やっぱり負けず嫌いなんだな、わたし。

この会社で、親友、と呼べるただ一人の相手、金岡麻由にも病気のことは話していない。見舞いなんかに来られるのはまっぴらだ、と思う。入院の前日に実家の母が上京することになっているが、母にも固く口止めして、誰にも知らせないよう頼んである。手術自体は腫瘍を摘出するだけで、よほど運の悪いことが起こらなければそれで死ぬことはないだろう。が、そのあと、いったいわたしのからだがどうなってしまうのか、それは神様にしかわからないことだ。もし職場復帰できずにこのままわたしの人生が終わってしまったとしたら、わたしの葬式で、やっと、わたしが癌だったと知られるわけだ。

なんだろうな、この気持ち。今すぐメガホンを口にあてて、世界中の人たちに向かって叫びたいような。あたしは癌です。死ぬかもしれないんです、って。

それなのに、知られたくない、というのも本心なのだ。

自分を複雑な人間だと思ったことは一度もなかったのに、実はけっこう、わたしも神経質で屈折してて、ややこしい人間だったんだな。

「あ、こんなとこにいた」

振り向くと金岡麻由がバルコニーに出て来た。

「なによ、けっこう寒いじゃない。こんなとこにいたら風邪ひくわよ、ユーミン」

その呼び名はやめてよ、といつものように言い返そうとして、有美は結局言い返さなかった。麻由に、ユーミン、と呼ばれるのがこれで最後になるかもしれない、という考えが一瞬、脳裏をよぎる。

「あんた禁煙したって噂だったのに、やっぱ挫折？」

「喫ってないわよ」

有美は両手を広げてみせる。

「もう降参。あたしも煙草とは縁切るつもり」

「まじ？　どういう心境の変化？」

「そんな大層なもんじゃない。ただ、煙草なんか喫っててもいいことはないな、って。ほらまた値上げされるらしいし、さ。それと歯科検診で言われたのよ。煙草って歯槽膿漏《しそうのうろう》の原因になるんだって。喫煙者は鼻の粘膜もやられてるから匂いに鈍感だけど、煙草喫ってると口臭ってかなりひどいんですよお、なんて脅《おど》かされた」

麻由は笑った。

「昔は医者も歯医者も、指先が黄色かったよね、ヤニでさ。今はほんとうるさくなったよね。まあそれだけ、いろんな面で健康に悪いってことなんだろうけど。でも有美が歯医者

「なんでよ。あたしだって他人の助言を素直に聞くことはあるんだから」

「まあそりゃそうだろうけど。自分が早々と降参しちゃったから、有美だけはこのバルコニーで永遠に蛍《ほたる》やっててほしい、なんて気持ちも、ちょっとはあったのよ。有美のからだのこと考えたら、身勝手な話なんだけど」

麻由はぐい、と背伸びした。

「あたしもずるいね。自分には押し通せなかったものを、ユーミンに押し通して欲しい、なんて考えるなんて。それで摩擦が起こって苦しむのはユーミンだってわかってるのに」

「そんな、煙草なんか別に、喫ってる方が馬鹿なんだから」

「それだけじゃない」

麻由は、溜め息をつくように肩を一度下げた。

「それだけじゃないよ……他のいろんなことも、結局あたしは……だからあんたにはあたしみたいに挫折して欲しくないって……これ、本心だし」

「麻由、挫折なんかしてないじゃない。仕事はわたしなんかより順調じゃない」

「今はね。それも、かろうじて、ね。だけど……あたしね、たぶん今、すごく疲れちゃってるんだと思う。休みたいのよ」

「麻由?」

麻由は有美の顔を見て、ふ、と笑った。

「会社、辞めることにした。まだこれ、極秘ね。誰にも言ってないから」

「辞めるって、どうして? 麻由、せっかく」

「誘われてるの。ヘッドハンティングなんて上等なもんじゃないのよ。ただ、学生時代のゼミの先輩が広告業界にいてね、うちより大手の東亜《とうあ》マーケティング」

「わ、業界第二位」

「うん。そこで次長まで出世したんだけど、いろいろあったみたいで独立したの。一年くらい前かな。で、小さな広告代理店つくって頑張ってるのよ。ほんと規模からいったら比べ物になんかならないんだけど、でも、そこでだったら昔を思い出して、がむしゃらに仕事できるんじゃないかな、って気がして。余計なことなんにも考えず、ただがむしゃらに、ひたすらに、がつがつ、がつがつ、仕事したくなったの」

「がつがつ……って、だってもったいないよ、せっかくここまで頑張って来たのに」

「まあね、この会社に未練がないって言ったら大嘘だけど。丸の内の一流会社のOLって肩書きも、他の業種に比べたら高いお給料も、未練たらたらよ。今度移るとこはなにしろ小さいから、死ぬほど働いたって今の三分の二くらいになっちゃうもの、お給料。しかも肩書きもない、業界で一目置かれる名刺も持てない。それこそ泥まみれになって、這いつくばって仕事することになるでしょうね。まとめて休暇とって海外旅行なんて、この先もうずっと出来なくなるかも。先輩にも言われたわ。カードをゴールドとかプラチナにするならさっさと全部しておけって。今なら会社の名前と年収で審査通るけど、職場が変わったら通らないかも知れないよ、って。わあ、厳しいなあ、って思った。広告業界のヒエルキーを、これから身をもって思い知るんだなあ、って」

「麻由。そうまでしてなんで？　どうしてなの？　この会社にいたって、がむしゃらにがつがつ仕事することはできるんじゃない？　これまでだって、そうして来たんでしょ？」

「これまでは、ね。でももう、それができそうにないのよ。環境を思いきって変えないと、身動きできないっていうか……息ができないの。あたしもだらしないよね。結局さ……男問題で金縛りだもん」

有美は何か言おうとしたが、麻由はそれを制するように小さく首を振った。

「どうせ言いかけたことだし、言っちゃう。別れたの。ようやく、別れること、できた。別れようって何度思ったかもう数えきれないのよ。なのに別れられなかった。それがさ、ふ、っと。二人でご飯食べてて、とても美味しくて、美味しいんだけどなんか、息苦しくって、それで顔を上げたら彼も苦しそうに見えたの。あ、この人も苦しんでるんだ、ってわかっちゃったの。これまでどれだけ言葉でそう言い合ってても、ほんとの意味ではそれを信じてなくて、苦しいのはあたしだけだと思ってた。それが、二人とも苦しかったんだなあ、って思えた途端、もういい、もうお互い苦しむのやめよう、って。それでそのまま言ったのよ。ここまでめいっぱい頑張ったけど、ここまでかな、って。お互い、これが限界じゃないかしら。別れようよ、って」

麻由は、もう一度手を上にあげて伸びをした。

「十日経った。その別れ話からね。十日の間に全部決めたわ。ボーナス貰ってすぐ辞める。昨日、先輩にはこっちを退職するのでお世話になります、って返事したし。辞めるのもなんだし、まだ手がけてるプロジェクトがあるから、それが一段落してからになるけどね。でも辞めるって噂流れたら仕事やりにくくなるし、プロジェクトのめどが立つまでは黙ってて、それから辞表出すつもり。そうだなあ、来年の二月いっぱいくらいかな。だからユーミン、悪いけどこのこと、まじで秘密にしててね」

「うん……わかった。でも」

「はいはい。お説教とかなんとかは、こんな寒いとこじゃなくってさ、なんか美味しいものつまみながらきゅっと熱燗《あつかん》でも飲んで、それでやらない？　有美も行ったことあるでしょ、ばんざい屋」

「ばんざい屋、うん、あのカウンターの。綺麗な女将さんが一人でやってる」

「そう。あそこね、なんか今年一杯で閉店みたいなの」

「うそ！　だってけっこうお客さん来てたじゃない」

「うん、なんかあのビルが高層ビルに建て替えで、それで立ち退きみたい。建て替えの噂はあったけど、新しいビルにそのまま入るんじゃないかって言ってたんだけどねえ。やっぱ家賃が高くなっちゃうと厳しいんでしょうね、ああいう安いお店は。かと言って、高級店にしてまで続けたいかって言えば、あの女将さんの雰囲気からして違うってのもわかる」

「でももったいない」

「まだ移転先は決まってないけど、どこかでまたやるつもりみたいよ。昨日あそこに飲みに行った子が、なんか、女将さんが焼いたクッキーと挨拶状みたいの貰ってて、そこにね、またどこかでやります、みたいなこと書いてあったって」

「そうなんだ……あそこ、わたし、好きだったな」

「あたしも。新しい店がどこに移るかはわからないけど、そんなに遠くなければまた通おうって思ってる。とりあえず、今年はこの先仕事納めまで暇《ひま》ないし、今夜行かない？　残業なら終わるまで先に行って待ってるよ」

有美は承知した。仕事はめいっぱい詰まっていたけれど、もうあの店で女将の顔を見ながら飲めなくなると思うと、無理をしてでも行きたい、と思った。

4

「なんか、懐かしい」

新しく入って来た女性客は、戸を開けるなり席も探さずに入り口近くの飾り棚の上に置いたクリスマスツリーに近寄った。

「こういうの、すごく小さい頃にうちにもあった！」

「ほんと？　うちのは銀色だったなあ。銀色で、飾りは雪の結晶とベルだけ」

「お洒落じゃない。うちのはこんなんだったわよ。こんなプラスチックの、なんかわざとらしい葉っぱに、こういうオミズっぽい色の球をたくさんつけて、サンタとか長靴とかもごてごてぶらさげて、最後に豆電球」

女将は二人の会話に思わず笑みを漏らした。豆電球もセットの中には入っていたが、点滅させてみたらさすがにちょっと店の雰囲気にそぐわなかったのではずしてある。でも懐かしんでくれる客がいるなら、閉店間際になったらつけてみるのもいいかも知れない。

「お二人とも、こちらのお席でよろしいですか？」

女将がおしぼりを手に言うと、二人はやっとカウンターに座った。常連、というほどではないが、二人とも何度も足を運んでくれているＯＬたちだ。でも、この二人の組み合わせって前にもあったかしら。別々には来てるの憶えてるんだけど。

「クッキーがぶらさがってるんですね」

女性客はまだ、半身をひねってクリスマスツリーを見ている。

「それに願いごとのカード。あれ、わたしたちにも書かせていただけるんですか？」

「はい、よろしければ。お帰りになる前にお願いしています」

「じゃ、飲みながら何をお願いするかじっくり考えないとね」

背が高く、見た感じ少し年上に見える方の女性が言って、生ビールください、と元気に注文した。もう一人も準じる。

川上有美。常連客の男性と仲が良かったようだったが、その客はアメリカに旅発った。手術はばんざい屋の閉店の前々日。この人がこの店に来るのは、これが最後の夜だろう。彼女が退院して来る頃には、この店はもう、ない。

女将は、気合をいれるように帯の上からぽん、と胃のあたりを軽く叩いた。素人料理でも包丁を手にお金をいただくからには、料理人の意地がある。この店のことを忘れずにいて貰えるように、真心をこめる。

今夜もカウンターは開店してすぐいっぱいになってしまった。今月で閉店、という噂は広がっているらしい。しばらく顔を見せていなかった客もここ数日、次々と顔を出してくれる。椅子を一杯まで並べていつもより二人ほど多く座れるようにしているけれど、それでもすぐに満席になるので、今夜から、店の壁に沿って細長い折畳み机をおき、間に合わせに藍染めのカバーをかけ、ホームセンターで急遽購入した丸椅子を並べた。すべて清水が走り回ってしてくれたことだ。これでいつもより五、六人は多く客に座って貰える。そのかわり、客同士はもうぎりぎりの距離でからだを寄せ合うことになる。今夜からばんざい屋の終わりの夜まで、この店では秘密の話はできそうにない。お願いクッキーもすべてぶらさげていてはツリーが倒れてしまいそうなので、毎日、カードとクッキーははずして箱にしまっている。そのかわりいくつも願いごとがしたければ、来るたびにカードをぶらさげてください、と言ってある。その言葉の通りに、ここのところ連日通って、宝くじが当たりますように、と書いてぶらさげていく常連もいる。

「結婚してるかしてないかなんて、大した問題じゃない、って開き直った時期もあったんだけどね」

　二人のＯＬは、後ろ、背中合わせに座った客に会話を聞かれても気にならないようだ。もうこの店で心の中にあるものを吐き出すのはこれが最後、そう思っているのだろうか。

「制度とか決まりごとみたいなものに、人を好きだって気持ちが負けた。そう考えると悔しい。正直、悔しいよ。でも世の中、限度を知るってことも必要なんだよね。あたしはここまででもういいや、そう思った。そう思えるようになった」

「わかる、なんて言わないけど、でもその選択は正しいような気がする」

　川上の方は、さすがに酒は控えめで、ただ旺盛な食欲で次々と料理に箸をつけていた。

「でもなあ……やっぱりもったいない。麻由は成功しかけていたんだもん。わたしはたぶん、麻由のようにはいかない。力がない」

「ぜったいそんなことないから。ユーミンはさ、もっと自分を信じていいよ。っていうか、オリジナルになるつもりでいればいいんじゃないかな」

「オリジナル？」

「うん。そのね、なんて言えばいいのか……上を目指すんじゃなくって、奥を目指す、みたいな。ごめん、抽象的だよね。意味わかんないよね……」

「……なんとなく、わかる」

有美は繰り返してみた。

「上を目指すんじゃなくて、奥を目指す。上じゃなくて、奥」

「そう、奥。ユーミンにはそれができるんじゃないかって気がするの。あたしとか、他の人たちののぼった道を焦《あせ》ってのぼらなくても、ユーミンにはユーミンの道があるような」

「みつけられるのかな、そんな道」

「みつけられると思う」

「どうしてそう思うの？　わたしの評価、低いの知ってるでしょ」

「評価されることにこだわってれば、評価は低くなりがちなのよ」

二人の背後から声がした。女将はその女性客に微笑みかけた。常連の草間さん。洋子、という名前だった。

「あ、草間さん！　草間さんもここ、いらっしゃってたんですか」

「まあ、三人、お知り合い？」

女将は驚いた。別々に通っていた三人の女性客が、同じ会社に勤めていたとは。もっとも、そんなことはよくあることなのだろう。女将があまり客の勤めている会社名などにこだわらないので、知らなかっただけなのだ。

「ごめんなさい、割り込んで」

洋子はまた、自分の丸椅子に座り直した。

「金岡さんの声が聞こえたから、挨拶だけしようと思ったんだけど。えっと、あなたは……川上さん、よね？」

「はい。草間さん、資料室の草間さんですね」

川上が席を立とうとしたのを洋子が手で制した。

「そのままでいて。邪魔するつもりはないの。ほら、こっちも今夜は、いちおう、連れがあるから」

洋子の隣りに座っていた男性が笑顔で頭を下げた。

「高校時代の友達。この店にいつか連れて来てあげようと思っていたのに、ものすごく忙しい人でね、なかなか機会がないまま、もう閉店するなんて言うんだもの、女将さん。焦って連れて来たの」

男性と二人組が互いに挨拶を交わす。洋子が男性を連れてこの店に来たのは、本当に久しぶりだ。この頃の彼女はいつも一人でカウンターに座り、一人で、なぜか満ち足りた顔で飲んでいた。

洋子にも、転機が訪れているのだろうか。カウンターの二人もどうやら、それぞれに転機を迎えているらしい。そしてもちろん、わたしも転機を迎えている。

「とにかくね、ユーミン、何かあったら草間さんのとこに行くといいよ。草間さんは資料室の魔女だから」

「魔女?」

「そう。魔法の薬を飲ませてくれるわよ。どんな気分の時でも、正直に草間さんに自分の気持ちを話すと、必ずよく効く薬をくれるの」

「やめてよ麻由ちゃん、ただのハーブティーじゃない」

「でも処方してくれるじゃないですか。いろんなハーブを組み合わせて」

「たいしたことしてないわよ」

「わたし、ハーブティー大好きです」

川上が勢いこむように言う。

「お邪魔してもいいですか、資料室」

「あそこは会社の一部なんだから、いつだって好きな時に来たらいいわよ。あぶらを売りたくなった時はいつでもどうぞ。歓迎するわ」

いつのまにか二人は後ろを向いて座り、四人が膝をつきあわせるようにして飲み始めた。カウンターのあちらこちらで、似たような光景が生まれている。

あん肝は酒蒸ししてぽん酢の定番と、出汁にといてあんこうの身を軽く煮る小鍋で出してみる。

雲子《くもこ》は軽くバターで焼いてみた。

まだ銀杏も美味しい。軽く揚げて塩を振る。

肉厚の冬椎茸はたっぷりと出汁をふくませて煮てみた。高野豆腐も同じ出汁で。どちらも嚙むと出汁が口から溢れんばかりだ。

白菜は豚の三枚肉と重ねて蒸した。自家製のぽん酢でさっぱりと食べて貰う。

いつものきんぴらは、牛蒡《ごぼう》と蓮根《れんこん》、両方用意した。

豆腐は揚げ出しと湯豆腐、客の好みで出す。

金時人参《きんときにんじん》は、その赤さを活かして千切りをマリネに。花型に抜いたものはしっかりと味を含ませて煮た。

太い白葱は深谷《ふかや》。緑から白に変わるあたりがいちばん美味しい。マグロのぶつ切りと合わせて葱鮪《ねぎま》鍋に。

久しぶりに茶わん蒸しも作った。主役は百合根だ。他は卵と出汁だけ。三つ葉は彩り。

ぶりと大根も具合よく煮えている。牛肉の味噌漬けも用意した。

それから。

それから、あれとこれと。

わたしは幸せだ、と、女将は思う。この上なく幸せだ。

来年、新しい場所でちゃんと店が開けるのか、まだ何もかもわからないままだけれど、なぜか少しも怖くない。

真心だけを包丁と共にこの手にそえていれば、何も怖くない。


「で、クッキーのカードになんてお願いするか、決めた？」

金岡麻由、という名前らしい女性が訊いた。川上はうなずいた。

女将はそっと、星型と靴下型のクッキー、それに二枚のカードとサインペンを二人の前に置いた。

「決めたけど、見ないで貰ってもいい？　なんて書いたかは……お正月が明けたらメールするから」

「別にいいけど、今見たらだめなの？」

「年が明けるまで待って」

川上の瞳がわずかにうるんでいるように見える。相手の女性は、微笑んだ。

「了解。見ない。裏返しにぶらさげたら見えないもんね」

二人は真剣な顔でカードに向かう。背中合わせの草間と連れの男性は、いつのまにか壁に向かってそっとからだを寄せ合っていた。


戸が開いて、清水の笑顔がのぞく。

「わ、もう満席か。またあとで寄るね」

「わたしたち、そろそろ帰りますからどうぞ」

二人が立ち上がった。

「いやお構いなく。僕、ちょっと用事済ませてまたあとで来ますから」

「ほんとにいいんです。明日も仕事だし、もうお腹いっぱいだし」

「お願いクッキーも書いたし」

二人は笑って、クッキーとカードをツリーに結びつけ出した。女将は電卓を叩き、会計を書きつけた紙をカウンターにそっと置く。

笑いながら店を出た二人を見送って、女将は店内に戻った。カードが一枚、ツリーの根元に落ちている。さっきの二人が結びつけたカードのうちの、一枚だ。

裏返しに結びつけられた一枚は、きちんと枝についていた。そこにどんな願いごとが書かれているかは、見なくても想像がつく。その願いが叶って、あの女性が健康を取り戻してくれますようにと、女将もそっと願う。

落ちていたカードにとりつけた紐を、そっと枝に結んだ。

『来年も、ばんざい屋さんで美味しいものが食べられますように』

「あら、素敵なお願いね」

トイレに立った草間洋子が、ちら、とそれを見て微笑んだ。

「麻由ちゃん、また少し、いい女になった」

本当に素敵な願いごとだ。

ありがたい願いごとだ。

女将はそっと、掌を合わせた。この場所からどこに移っても、なんとかなる。自分が、美味しいもの、を食べて貰いたいと思い続ける限り、きっとなんとか、なる。

女将はカウンターに戻り、もう一度、帯を軽く叩く。

右側の二人組がそろそろあんこうの小鍋を食べ終わる。雑炊《ぞうすい》のしたくを始めないと。あ

あそうだ、清水の注文をまだきいていない。

「えっと、まずは生かしら?」

女将が顔を向けると、そこには清水の、眩《まぶ》しいものを見ているように細めた目が、楽しそうに笑っていた。

解説――ばんざい屋よ、またふたたび

篠田真由美《しのだまゆみ》（作家）

人に自慢するようなことでもないが、食い意地は大いに張っている。生きてある喜びをしみじみ感ずるのは美味しい料理を食べるときだ。ところが加齢というのは恐ろしいもので、五十歳を過ぎた頃から量が全然入らなくなってしまった。フレンチのコースなど前菜で満腹してしまう。そこを押して食べ続ければ、もたれる胃を抱えて眠れぬ夜を過ごしたあげく、翌日は体重計の数字を見て頭を抱える羽目《はめ》となる。

しかし人生あと二十年、食べる喜び抜きで生きよというのかと嘆《なげ》いていたら、忽然《こつぜん》と天啓《てんけい》が下った。素晴らしい解決法がある。想像力だ。そもそも快楽というのは感覚器ではなく脳で得るもの。絵に描いた餅《もち》といえば役に立たぬものの意味だが、脳が美味《おい》しく感じる文章を楽しむ分には、胃もたれも体重増加も無縁ではないか。

しかし美味しそうな調理シーン食事シーンが出てくればそれでいい、というものではない。甘い、辛い、固い、柔らかい、とろり、まったり、しゃきしゃきと、形容詞や擬態語をくどくどしく連《つら》ねたところで美味しい場面にはならない。

せっかく読むなら面白い小説がいい。卓抜な表現力は当然のこととして、登場人物に感情移入でき、かつ物語を楽しめれば、登場する料理への想像力も活発に働いてくれるだろう。

だがどうやら、同様のことを考える読者は少なくないらしく、ミステリでも食事場面に紙幅を割いている作品は多い。しかしいかにも調べた知識だけで書きました、というのが透《す》けて見えては興醒《きょうざ》めだし、もっと困るのは長々と描かれた食事シーンに、小説的な必然性がまるでないという場合で、実例を挙げられれば簡単なのだが、それはやはり差し障《さわ》りがある。架空《かくう》の例をでっちあげよう。

恋人を殺人容疑者として逮捕されたヒロインは、自分が真犯人を捜し出して彼の潔白を証明しようと悲壮な決意をする。素人《しろうと》探偵としてさる地方に行き、土地の名所にたたずむとそこに名物○○料理の看板が。

「そういえばお腹が減ったわ。美味しいものを食べて元気を出しましょう」

現実ならそういうこともあるだろうが、ミステリでこれをやられるとせっかくの緊張感が一気に下がる。その上読者は「はてこの○○料理は事件の真相とどう絡むのだろう」と考えざるを得ないのだが、読み終えても結局なんの関係もないのである。読者サービスというならこれほど的外《まとはず》れの、ありがた迷惑なサービスもない。

さて、ここでようやく柴田《しばた》よしき「ばんざい屋」のシリーズだ。前作『ふたたびの虹』ではばんざい屋の女将吉永《おかみよしなが》の過去が連作短編を貫く大きな物語だったが、二作目の『竜の涙』は店に一夜の快を求めて集《つど》う客たちの背景にスポットが当たる。中でも同じ広告代理店で働く三人の女性が、微妙に関わり合って物語の流れを形作るのだが、そのうちのひとり川上有美《かわかみゆうみ》が、カウンターで立ち働く女将の姿を描写した場面をまず引いてみよう。

料理をする手つきも、プロの調理人、というよりは、少し器用な家庭の主婦のようだ。包丁も、目を見張るような速度でとんとんとんとんとんと使うのではなく、とん、とん、とん、と丁寧《ていねい》に動かして、少しずつ材料を刻んでいく。

「届かなかったもの」

見事である。その包丁の音だけで、小さな飲み屋の空間と、そこに満ちる暖かな料理の香りが漂《ただよ》ってくる。そしてここでは女将の律儀《りちぎ》で手抜きをしない性格と同時に、そうした仕草に気がつける有美の観察力を読み取りたい。煙草《たばこ》の煙とともに登場し、友人が勧《すす》める店の食べてもいない料理にケチをつけ、「肉がどかんとないといや」とのたまう彼女だが、口ほどにがさつな人間ではない。包丁のリズムに女将の心映《こころば》えを感受する、繊細《せんさい》な感性を持っていることをこの描写が示している。

そして、同じ有美を今度は女将から見た場面。

食べてしまった枝豆の空のサヤを口に入れて、自分が間違えたとは思わず、一瞬女将に怒りの目を向けた彼女を、驚きながらも、

もちろん悪意あっての態度ではない。むしろ咄嗟《とっさ》の反射のようなものだろう。彼女はいつも、臨戦態勢なのだ。

「同右」

と受け止める女将の度量の大きさ、おとならしい落ち着きと優しさ。

仕事に疲れた心と身体を癒《いや》すための夜の飲み屋で、なお昼のカリカリとした気の立ちようを捨てられない有美の余裕の無さに、読者は苦笑しながら共感し同情する。「しょうがないなあ。でもわかる」「あるよねえ、そういうことって」一瞬女将を睨《にら》んでしまってから、自分の勘違いに気づいた彼女のばつの悪さに、自分も似たようなことをしてしまったのを思い出して、「痛っ」と頸《くび》をすくめたくなるかも知れない。ならばひときわ、それをとがめない女将にほっと心が和《なご》むことだろう。

そうして口には出さぬまま交差するふたりの女の、思いを媒介するのが女将の手で毎日磨き上げられた白木のカウンター、そこに置かれた一皿の、あおあおと茹《ゆ》で上げられた枝豆なのだ。これを名場面と呼ばないでなんとする。

ばんざい屋の料理は、女将から客へかける寡黙《かもく》でありつつ雄弁なことばである。決して気取っても、凝《こ》りすぎてもいない。見慣れた家庭料理に一筆のプロの仕事を加えて、日々の営《いとな》みに疲れて暖簾《のれん》をくぐる者の胃袋と心を、ゆるりとなだめてくれる。

ぶり大根に柚子《ゆず》味噌のふろふきと定番の品もあれば、同じ大根にオックステイルのスープをふくませて、焼いて赤ワインと醬油《しょうゆ》のソースで仕上げる大根のステーキ、などという新機軸も出現する。

炒《い》った黒豆を炊きこんで、ほのかな紫に染まる黒豆ご飯。白く炊いた里芋のぬめりが口にやさしい里芋ご飯。食べてみたいものばかり。こうなればもう、口の中の唾液を飲みこみながらページをめくるしかない。どこかにないのか、私のばんざい屋は！

丸の内の古いビルの中で、近くの働く男女を夜ごと迎えてきたばんざい屋にも、ビルの建て替えという転機が訪れる。新しいビルの高い家賃は払えないとなれば、閉店するか、どこか新しい土地でまた一から始めるかを決めなくてはならない。迷っていた女将の吉永がたどりついた結論を書いてしまっては、ネタバラシということになるだろうか。

何度だって読み返せる美味しい小説なのだから、そんなことはないと思うのだが、ここは遠回しに、私も作者へお願いカードを書くとしよう。

「柴田よしき様　ばんざい屋さんが帰ってきてまた美味しい小説が読めますように」

ほんと、待ってます。

柴田よしき著作リスト（２０１２年10月現在）

○このリストは、全著作をシリーズ別に分類したものです。
○作品名の上に記した数字は、全著作の初版発行順を示したものです。
○各作品の内容については、柴田よしきホームページ（http://www.shibatay.com/）内でも紹介しています。

◆村上緑子シリーズ◆
1『ＲＩＫＯ―女神《ヴィーナス》の永遠―』角川書店（１９９５・５）／角川文庫（１９９７・10）
2『聖母《マドンナ》の深き淵』角川書店（１９９６・５）／角川文庫（１９９８・２）
6『月神《ダイアナ》の浅き夢』角川書店（１９９８・１）／角川文庫（２０００・５）

◆炎都シリーズ◆
3『炎都』トクマ・ノベルズ（１９９７・２）／徳間文庫（２０００・11）
5『禍都』トクマ・ノベルズ（１９９７・８）／徳間文庫（２００１・８）
12『遙都―渾沌出現―』トクマ・ノベルズ（１９９９・３）／徳間文庫（２００２・８）

24『宙都—第一之書—美しき民の伝説』トクマ・ノベルズ（2001・7）
33『宙都—第二之書—海から来たりしもの』トクマ・ノベルズ（2002・1）
36『宙都—第三之書—風神飛来』トクマ・ノベルズ（2002・7）
45『宙都—第四之書—邪《よこしま》なるものの勝利』トクマ・ノベルズ（2004・6）

◆花咲慎一郎シリーズ◆

8『フォー・ディア・ライフ』講談社（1998・4）／講談社文庫（2001・10）
19『フォー・ユア・プレジャー』講談社（2000・8）／講談社文庫（2003・8）
50『シーセッド・ヒーセッド』実業之日本社（2005・4）／講談社文庫（2008・7）
61『ア・ソング・フォー・ユー』実業之日本社（2007・9）
64『ドント・ストップ・ザ・ダンス』実業之日本社（2009・7）

◆R《リアル》—0《ゼロ》シリーズ◆

14『ゆび』祥伝社文庫【文庫書下ろし】（1999・7）
21『0《ゼロ》』祥伝社文庫【文庫書下ろし】（2001・1）
26『R《リアル》—0《ゼロ》　Amour《アムール》』祥伝社文庫【文庫書下ろし】（2001・9）

34『R《リアル》―0《ゼロ》 Bete《ベト》―noire《ノワール》』祥伝社文庫【文庫書下ろし】(2002・2)

◆猫探偵正太郎シリーズ◆

7『柚木野《ゆきの》山荘の惨劇』カドカワエンタテインメント(1998・4)
前記改題『ゆきの山荘の惨劇―猫探偵正太郎登場』角川文庫(2000・10)
22『消える密室の殺人―猫探偵正太郎上京』角川文庫【文庫書下ろし】(2001・2)
32『猫探偵・正太郎の冒険Ⅰ 猫は密室でジャンプする』カッパ・ノベルス(2001・12)/光文社文庫(2004・12)
39『猫は聖夜に推理する 猫探偵・正太郎の冒険Ⅱ』カッパ・ノベルス(2002・12)/光文社文庫(2005・11)
43『猫はこたつで丸くなる 猫探偵・正太郎の冒険Ⅲ』カッパ・ノベルス(2004・1)/光文社文庫(2006・2)
52『猫は引っ越しで顔をあらう 猫探偵・正太郎の冒険Ⅳ』光文社文庫【文庫オリジナル】(2006・6)

●その他の長編●

4『少女達がいた街』角川書店（1997・2）／角川文庫（1999・4）
9『RED RAIN』ハルキ・ノベルス（1998・5）／ハルキ文庫（1999・11）
10『紫のアリス』廣済堂出版（1998・7）／文春文庫（2000・11）
11『ラスト・レース―1986冬物語』実業之日本社（1998・11）／文春文庫（2001・5）
13『Miss You』文藝春秋（1999・6）／文春文庫（2002・5）
15『象牙色の眠り』廣済堂出版（2000・2）／文春文庫（2003・5）
16『星の海を君と泳ごう　時の鐘を君と鳴らそう』アスキー［アスペクト］（2000・3）※「アスキー［アスペクト］」は、現在「エンターブレイン」
『星の海を君と泳ごう』光文社文庫（2006・8）※文庫化に際し分冊
『時の鐘を君と鳴らそう』光文社文庫（2006・10）※文庫化に際し分冊
20『PINK』双葉社（2000・10）／双葉文庫（2002・12）／文春文庫（2009・9）
23『淑女の休日』実業之日本社（2001・5）／文春文庫（2006・3）
25『風精《ゼフィルス》の棲む場所』原書房（2001・8）／光文社文庫（2005・6）新装版（2012・9）

29『Close to You』文藝春秋（2001・10）／文春文庫（2004・10）
30『Vヴィレッジの殺人』祥伝社文庫【文庫書下ろし】（2001・11）
35『ミスティー・レイン』角川書店（2002・3）／角川文庫（2005・10）
37『好きよ』双葉社（2002・8）／文春文庫（2007・11）
38『聖なる黒夜』角川書店（2002・10）／角川文庫（上・下）（2006・10）
41『蛇《ジャー》（上・下）』トクマ・ノベルズ（2003・11）／徳間文庫（2007・9）
42『クリスマスローズの殺人』原書房（2003・12）／祥伝社文庫（2006・12）
44『水底の森』集英社（2004・2）／集英社文庫（上・下）（2007・8）／文春文庫（上・下）（2011・4）
46『少女大陸 太陽の刃《やいば》、海の夢』ノン・ノベル（2004・7）
47『ワーキングガール・ウォーズ』新潮社（2004・10）／新潮文庫（2007・4）
48『窓際の死神《アンクー》』双葉社（2004・12）／新潮文庫（2008・2）
51『激流』徳間書店（2005・10）／徳間文庫（上・下）（2009・3）
53『銀の砂』光文社（2006・8）
55『所轄刑事・麻生龍太郎』新潮社（2007・1）／新潮文庫（2009・8）
56『回転木馬』祥伝社（2007・3）／祥伝社文庫（2010・7）

57『宙《そら》の詩《うた》を君と謳《うた》おう』光文社文庫【文庫書下ろし】（2007・3）
58『小袖日記』文藝春秋（2007・4）／文春文庫（2010・7）
62『神の狩人 2031探偵物語』文藝春秋（2008・6）／文春文庫（2011・8）
63『私立探偵・麻生龍太郎』角川書店（2009・2）／角川文庫（2011・9）
70『クロス・ファイヤー』徳間書店（2012・2）

●連作中・短篇集●

18『桜さがし』集英社（2000・5）／集英社文庫（2003・3）／文春文庫（2012・3）
27『ふたたびの虹』祥伝社（2001・9）／祥伝社文庫（2004・6）
31『残響』新潮社（2001・11）／新潮文庫（2005・2）
40『観覧車』祥伝社（2003・2）／祥伝社文庫（2005・6）
49『夜夢』祥伝社（2005・3）／祥伝社文庫（2007・9）
54『求愛』徳間書店（2006・9）／徳間文庫（2010・5）
59『やってられない月曜日』新潮社（2007・8）／新潮文庫（2010・7）
60『朝顔はまだ咲かない　小夏と秋の絵日記』東京創元社（2007・8）／創元推理文

庫（2010・9）
65『流星さがし』光文社（2009・8）
66『いつか響く足音』新潮社（2009・11）／新潮文庫（2012・4）
67『竜の涙―ばんざい屋の夜』祥伝社（2010・2）／祥伝社文庫（2012・10）
【※本書】
68『桃色東京塔』文藝春秋（2010・5）
69『輝跡』講談社（2010・9）
71『夢より短い旅の果て』／角川書店（2012・6）

●短篇集●

17『貴船菊の白』実業之日本社（2000・3）／新潮文庫（2003・2）／祥伝社文庫（2009・6）
28『猫と魚、あたしと恋』イースト・プレス（2001・10）／光文社文庫（2004・9）

（本書は平成二十二年二月、小社から四六判で刊行されたものです）

一〇〇字書評

切り取り線

購買動機（新聞、雑誌名を記入するか、あるいは○をつけてください）	
□（　　　　　　　　）の広告を見て	
□（　　　　　　　　）の書評を見て	
□ 知人のすすめで	□ タイトルに惹かれて
□ カバーが良かったから	□ 内容が面白そうだから
□ 好きな作家だから	□ 好きな分野の本だから

・最近、最も感銘を受けた作品名をお書き下さい

・あなたのお好きな作家名をお書き下さい

・その他、ご要望がありましたらお書き下さい

住所	〒				
氏名		職業		年齢	
Eメール	※携帯には配信できません	新刊情報等のメール配信を 希望する・しない			

この本の感想を、編集部までお寄せいただけたらありがたく存じます。今後の企画の参考にさせていただきます。Eメールでも結構です。

いただいた「一〇〇字書評」は、新聞・雑誌等に紹介させていただくことがあります。その場合はお礼として特製図書カードを差し上げます。

前ページの原稿用紙に書評をお書きの上、切り取り、左記までお送り下さい。宛先の住所は不要です。

なお、ご記入いただいたお名前、ご住所等は、書評紹介の事前了解、謝礼のお届けのためだけに利用し、そのほかの目的のために利用することはありません。

〒一〇一－八七〇一
祥伝社文庫編集長　坂口芳和
電話　〇三（三二六五）二〇八〇

祥伝社ホームページの「ブックレビュー」からも、書き込めます。

http://www.shodensha.co.jp/bookreview/

祥伝社文庫

竜《りゅう》の涙《なみだ》　ばんざい屋《や》の夜《よる》

平成24年10月20日　初版第1刷発行

著　者　柴田《しばた》よしき
発行者　竹内和芳
発行所　祥伝社《しょうでんしゃ》
東京都千代田区神田神保町3-3
〒101-8701
電話　03（3265）2081（販売部）
電話　03（3265）2080（編集部）
電話　03（3265）3622（業務部）
http://www.shodensha.co.jp/

印刷所　堀内印刷
製本所　積信堂
カバーフォーマットデザイン　芥 陽子

Printed in Japan ©2012, Yoshiki Shibata　ISBN978-4-396-33792-6 C0193

祥伝社文庫の好評既刊

柴田よしき　ふたたびの虹

小料理屋「ばんざい屋」の女将の作る懐かしい味に誘われて、今日も集まる客たち…恋と癒しのミステリー。

柴田よしき　観覧車

行方不明になった男の捜索依頼。手掛かりは愛人の白石《しらいし》和美。和美は日がな観覧車に乗って時を過ごすだけ…。

柴田よしき　回転木馬

失踪した夫を探し求める女探偵・下澤唯。そこで出会う人々が、彼女の人生を変えていく。心震わすミステリー。

柴田よしき　Vヴィ《ヴィ》レッジの殺人

女吸血鬼探偵・メグが美貌の青年捜しで戻った吸血鬼村で起きた絶対不可能殺人。メグの名推理はいかに!?

柴田よしき　クリスマスローズの殺人

刑事も探偵も吸血鬼？　女吸血鬼探偵メグが引き受けたのはよくある妻の浮気調査のはずだった…。

柴田よしき　夜夢《よるゆめ》

甘言、裏切り、追跡、妄想…愛と憎しみの狭間に生まれるおぞましい世界。女と男の心の闇を名手が描く！

祥伝社文庫の好評既刊

柴田よしき
ゆび
東京各地に〝指〟が出現する事件が続発。幻なのかトリックなのか？ やがて指は大量殺人を目論《もくろ》みだした。

柴田よしき
0《ゼロ》
10から0へ。日常に溢れるカウントダウンの数々が、一転、驚天動地の恐怖を生み出す新感覚ホラー！

柴田よしき
R-0《リアル・ゼロ》 Amour《アムール》
「愛」こそ殺戮の動機!?不可解な三件のバラバラ殺人。さらに頻発する厄災とは？ 新展開の三部作開幕！

柴田よしき
R-0《リアル・ゼロ》 Bête noire《ベトノワール》
愛の行為の果ての猟奇殺人。女が男を嬲《なぶ》り殺しにする事件が続く。ハワイの口寄せの来日。三部作第二弾。

柴田よしき
貴船菊の白
犯人の自殺現場を訪ねた元刑事は、そこに貴船菊の花束を見つけ、事件の意外な真相を知る…。

篠田真由美
龍の黙示録《もくしろく》
透子《とうこ》の雇い主、龍緋比古《りゅうあきひこ》は不老不死の吸血鬼!? 東京で吸血鬼出没の噂。透子が目撃する信じがたい光景……。

祥伝社文庫の好評既刊

小池真理子　会いたかった人

中学時代の無二の親友と二十五年ぶりに再会…喜びも束《つか》の間《ま》、その直後からなんとも言えない不安と恐怖が。

小池真理子　新装版　間違われた女

一通の手紙が、新生活に心躍らせる女を恐怖の底に落とした。些細な過ちが招いた悲劇とは——。

近藤史恵　カナリヤは眠れない

整体師が感じた新妻の底知れぬ暗い影の正体とは？　蔓延する現代病理をミステリアスに描く傑作、誕生！

近藤史恵　茨姫《いばらひめ》はたたかう

ストーカーの影に怯《おび》える梨花子。対人関係に臆病な彼女の心を癒《いや》す、繊細で限りなく優しいミステリー。

近藤史恵　Shelter

心のシェルターを求めて出逢った恵といずみ。愛し合い傷つけ合う若者の心に染みいる異色のミステリー。

小路幸也　うたうひと

仲たがいしてしまったデュオ、母親に勘当されているドラマー、盲目のピアニスト……。温かい歌《ストーリー》が聴こえる傑作小説集。